833

GW00363517

A Faint Cold Fear Thrills Through My Veins · William Shakespeare

Zu diesem Buch

«Geh nicht nach Bramme!» hat die Großmutter gesagt.

Bramme a. d. Bramme, 81 300 Einwohner; Amtsgericht, Freilichttheater, Heimatmuseum, ein wenig Industrie… Die Stadt, in der Katja geboren und in der ihre Mutter unglücklich geworden ist. Aber das ist schon
lange her. Katja Marciniak will nach Bramme fahren, um an einer soziologischen Feldstudie mitzuarbeiten und dann endlich ihre Diplomarbeit
schreiben zu können.

«Bramme und Marciniak – das geht nicht!» hat die Großmutter gesagt.

Drei Tage später ist sie gestorben, und Katja ist nach Bramme gefahren.
Wegen der Diplomarbeit, und… Ja, und dann auch, um vielleicht Näheres
über jenes Ereignis zu erfahren, dem sie ihre Existenz verdankt. Es ist nie
herausgekommen, wer damals ihre Mutter vergewaltigt hat. Es gibt
Dinge, die kommen einfach nicht heraus in einer Stadt wie Bramme.

Darum wehrt sich Bramme auch gegen Außenseiter, die neugierig werden; Verjährungsfristen ändern da gar nichts daran. Bramme legt Stolper-
drähte. Bramme will verhindern, koste es, was es wolle, daß die Welt erfährt, was wenige Eingeweihte seinerzeit erfolgreich unter den Teppich
gekehrt haben…

Katjas Mutter ist an Bramme gestorben. Wird die Tochter in Bramme
sterben?

Außerdem liegen vor: *Einer von uns beiden* (Nr. 2224), *Von Beileidsbesu-
chen bitten wir abzusehen* (Nr. 2250), *Ein Toter führt Regie* (Nr. 2313), *Es
reicht doch, wenn nur einer stirbt* (Nr. 2344), *Einer will's gewesen sein*
(Nr. 2441), *Die Klette* (Nr. 2659) sowie die drei Kurzgeschichtenbände
Mitunter mörderisch (Nr. 2383), *Von Mördern und anderen Menschen*
(Nr. 2466) und *Mit einem Bein im Knast* (Nr. 2565). Als Buchausgabe
sowohl wie auch als Taschenbuchausgabe liegen die beiden Bände *Kein
Reihenhaus für Robin Hood* (Nr. 2575) und *Feuer für den Großen Drachen* (Nr. 2672) vor. Sein Roman *Zu einem Mord gehören zwei* (Nr. 2770)
liegt wieder vor sowie *Friedrich der Große rettet Oberkommissar Mann-
hardt* (Nr. 2725), *Älteres Ehepaar jagt Oberregierungsrat K.* (Nr. 2801)
und *Ich lege Rosen auf mein Grab* (Nr. 2481).

-ky

Stör die
feinen Leute nicht

Rowohlt

rororo thriller
Herausgegeben von Bernd Jost

71.–73. Tausend Juli 1988

Erstausgabe
Veröffentlicht im Rowohlt Taschenbuch Verlag GmbH,
Reinbek bei Hamburg, November 1973
Umschlagentwurf Katrin und Ulrich Mack
Umschlagtypographie Manfred Waller
Copyright © 1973 by Rowohlt Taschenbuch Verlag GmbH,
Reinbek bei Hamburg
Gesamtherstellung Clausen & Bosse, Leck
Satz Journal (IBM-Composer)
Reprosatz Herbert Kröger, Hamburg
Printed in Germany
680-ISBN 3 499 42292 1

Die Hauptpersonen

Die Großmutter	hat gesagt: «Geh nicht nach Bramme!» und ist gestorben – eines natürlichen Todes übrigens, obgleich dies ein Kriminalroman ist.
Katja Marciniak	geht trotzdem auf die Suche nach der Vergangenheit und merkt, daß dies in der Tat mit Risiken verbunden ist.
Karl-Heinz Magerkort	wird aus undurchsichtigen Gründen gewaltsam an der Berufsausübung gehindert und treibt, wie sich dann herausstellt, selber Undurchsichtiges.
Helmut Lemmermann	lebt vom Sex, kommt jedoch für die Vaterschaft nicht in Frage und fliegt in die Luft.
Günther Buth	benimmt sich seit Jahrzehnten erfolgreich wie eine Kreuzung zwischen Ludwig XIV. und einer Dampfwalze.
Hans-Dieter Trey	hat im rechten Moment eine Pistole in der Hand, jedoch im falschen Moment die Nase voll.
Jens-Uwe Wätjen	bemüht sich, im gesunden Körper den gesunden Geist zu fördern und zugleich sein Schäfchen ins trockene zu bringen.
Carsten Corzelius	schreibt für die Zeitung, aber die druckt's dann nicht immer.
Bernharda Behrens	verfügt über den Charme eines schweren Granatwerfers und macht Gebrauch davon.
Kommissar Kämena	ist restlos überfordert – als Mensch wie als Beamter. Aber dazu braucht's nicht viel.

Dies ist ein Roman. Die Stadt Bramme existiert nicht, und die handelnden Personen haben ebensowenig reale Vorbilder wie die geschilderten Ereignisse.

Die Tatsache, daß trotzdem gelegentlich zumindest scheinbar ähnliche Personen und Ereignisse in der Berichterstattung der unterschiedlichsten Presseorgane auftauchen, verwirrt den Autor aufs äußerste.

Es kann sich jeweils nur um einen Zufall handeln.

-ky

1

Noch dreizehn Kilometer bis Bramme. Katja gähnte. Schnurgerade lief die asphaltierte Straße durch das Moor. Dünne Birken säumten sie. Dahinter Wiesen, Gräben, Morast. Überall schwarz-weiße Kühe, ab und an ein Pferd. Finnisch-blauer Himmel, weiße Zirruswölkchen. Wieder ein Weiler. Katja nahm den Fuß vom Gaspedal. Moorhausen. Ein halbes Dutzend Gehöfte, ein Gasthaus, verwitterter Backstein. Links ein grauer Wirtschaftsweg, ein Traktor; sie huschte vorüber.

Noch zehn Kilometer bis Bramme. Vorn im bläulichen Dunst ein Geestrücken mit einem rot-weißen Fernsehturm. Ob sie in der Pension fernsehen konnte? Wenigstens Dick und Doof und Buster Keaton. Ein gelb-roter Linienbus; sie zog ihren Karmann Ghia nach rechts auf den Seitenstreifen hinüber. BVB — Brammer Verkehrs-Betriebe. Ein paar großflächige Gesichter, Schulkinder. Ein Engpaß, eine Brücke, unten ein jauchebrauner Fluß — die Bramme.

Bramme. Man mußte die Lippen ein wenig nach vorne schieben, aufeinanderpressen und im gleichen Augenblick, während die Zunge im Mundraum zuckte, mit einem gewissen Schmatzlaut wieder voneinander lösen, um im Bruchteil einer Sekunde ein winziges Quantum Luft auszustoßen und dann die letzte Silbe geradezu hinauszuschleudern. Bram-me. Bram-me. Es klang bäurich und solide, schmeckte irgendwie nach Milch, Sahne und Quark. Und in diesem Drecknest war sie nun geboren worden.

Katja Marciniak, geboren am 15. April 1950 in Bramme.

Ausgerechnet Bramme. Biebusch hätte seine Untersuchung weiß Gott auch woanders durchführen können. Die Auswahl war ja groß genug gewesen: Castrop-Rauxel, Erlangen, Gladbeck, Hamm, Pforzheim, Wolfsburg und Wattenscheid. Aber Biebusch hatte sich für Bramme entschieden. Aus gutem Grund, wie er meinte, denn ein guter Freund von ihm — neuerdings wieder ein guter Freund — war derzeit Bürgermeister von Bramme.

Katja kannte es schon auswendig: *Bramme* an der Bramme, Stadt in Niedersachsen, mit (1965) 81 300 Einwohnern, hat Amtsgericht, höhere und Berufsfachschulen, Freilichttheater, Heimatmuseum, Industrie: Maschinen, Bekleidung, Nährmittel, Möbel, Fertighäuser.

Vor zwölf Stunden war sie noch den Kurfürstendamm hinuntergeschlendert und hatte anschließend in der *Vollen Pulle* am Steinplatz Abschied gefeiert. Gefeiert? Der Beaujolais hatte sie eher melancholisch gemacht.

Mensch, nun jammere bloß nicht so viel!

Sei du mal zu sieben Monaten Bramme verurteilt!

Hat dich ja keiner gezwungen, deine Diplomarbeit bei Biebusch zu schreiben.

Ach, geh! Zweihundert Abende in Bramme — ich langweil mich jetzt schon. Da ist doch nichts los.

Habense da nich neulich einen ermordet — so von hinten im Park . . .?

Das war in Bremen.

Ach so . . . Na, was nich is, kann noch werden. Vielleicht ermorden se dich — haste mal endlich 'n echtes Neuheitserlebnis.

Hör auf!

Weißte schon, wo de wohnst?

Irgendwo. Ich laß mal von mir hören.

Tu das.

Noch sieben Kilometer bis Bramme. Ein weinroter Volkswagen kam ihr entgegen. Endlich mal ein Mensch. Im Rasthaus vorhin hatten sie ihr diese sogenannte Ortsverbindungsstraße empfohlen.

Ein kleiner Umweg, Fräulein, aber landschaftlich sehr reizvoll.

Ein kleines Gehölz, wuchernde Büsche. Eigentlich müßte man schon was von Bramme sehen können. Vielleicht gab's das Nest gar nicht. Schön wär's!

Sie fummelte sich einen Sahnebonbon aus dem Papier und steckte ihn in den Mund. Die armen Zähne. Sie hörte ihre Großmutter: *Kind, laß diese verdammten Plombenzieher!*

Nun war sie schon seit sechs Wochen tot. Verbrannt — nee, eingeäschert . . . Sie sah den massigen Stein aus schwedischem Granit. Drei Namen nun schon:

OSKAR MARCINIAK
* 3. 5. 1887   † 12. 7. 1944

HELENE MARCINIAK
* 15. 11. 1895   † 10. 5. 1972

MARIANNE MARCINIAK
* 3. 2. 1930   † 28. 4. 1957

War nur noch Platz für einen Namen. Für ihren.

Sie stieß die Luft aus der Lunge. Sechs Stunden Fahrt, über vierhundert Kilometer schon. Und nur zweimal angehalten. Ihr Rücken schmerzte. Na, bald war's ja geschafft. Nur mal zehn Minuten ausgestreckt auf einem Bett liegen. Zum Mittagessen war sie schon wieder mit Biebusch verabredet.

Was würden die braven Brammer Bürger sagen, wenn da plötzlich vier Soziologen auftauchten und ihre Stadt auseinandernahmen? Das roch ja nach Revolution. Einen Empfang wie für einen Olympiasieger gab's bestimmt nicht.

Katja bremste unwillkürlich. Sie hatte auf einmal Angst vor Bramme, Angst vor dem Ungewissen. Sie war allein, sie war jung, sie war hübsch. Und dann Bramme. Ungehobelte, gierige Bauern! Sie hätte absagen sollen. Es gab schließlich noch andere Themen für eine Diplomarbeit.

Sie sah ihre Großmutter. Hohlwangig, ausgemergelt im Sterbezimmer des Hospitals.

Was sagst du, Kind? Wo willst du hin?

Nach Bramme.

Bramme?

Ja, ich muß. Sonst . . .

Geh nicht hin.

Wieso?

Die Stadt mag uns nicht. Die haßt uns.

Ach, das gibt's doch nicht! Eine Stadt — das ist doch kein einzelnes Wesen, das ist doch ganz was anderes — Steine, Häuser, Straßen. Was soll uns da hassen?

Alles. Einfach alles. Das ist wie ein Körper — der stößt alles ab, was nicht zu ihm paßt. Wir sind damals zum zweitenmal geflüchtet. Bramme und Marciniak, das geht nicht.

Ich will ja nicht für immer hin.

Trotzdem. Bleib hier.

Ich muß endlich meine Diplomarbeit anfangen.

Ich bitte dich!

Keine Angst, ich besuch dich ja regelmäßig.

Bis dahin . . . Ich hab solche Angst um dich! Fahr überall hin, aber nicht nach Bramme!

Warum denn nicht, in Gottes Namen?

Hol die Schwester, bitte — schnell!

Das war am Sonntag, am Mittwoch war sie gestorben. Sanft entschlafen, hatte die Stationsschwester gesagt . . . Katja hatte vorher noch einmal mit ihr gesprochen, am Dienstag zur üblichen Zeit, aber nicht gewagt, die Stadt zu erwähnen. Wirre Assoziationen einer Sterbenden. Alles Humbug.

Es ging ein wenig bergauf. Die Landschaft veränderte sich. Ein lichter Kiefernwald, ein Nichts gegen den Grunewald, einige mit Heidekraut überzogene Lichtungen, hin und wieder ein Wacholderbusch. Offensichtlich ein Flugsandgebiet; eine Düne, im Laufe der Jahrtausende aus der Brammeniederung ausgeweht.

Nach einer scharfen Linkskurve konnte sie auf die Stadt hinunter-sehen. Ein Meer aus ziegelroten Dächern und darin wie Klippen die Türme. Rathaus, Polizeihaus, Bahnhof, Postamt und Matthäikirche. Sie hatte zu Hause den Stadtplan studiert. Zwischen den Klippen die Hochhäuser, Quader, wie riesige Eisberge. Im Südwesten eine Traban-tenstadt, alles rote Backsteinburgen. Das konnte Barkhausen sein. Links vom Bahnhof das Industriegelände. Am höchsten Schornstein stand vertikal ein Firmenname: BUTH KG. Zwei Hubschrauber zogen vorbei. Nicht die Spur einer Dunstglocke. Sie kam auf die Bundesstra-ße, passierte das Ortsschild, war nun wirklich in Bramme.

Sie registrierte wider Erwarten eine gewisse Fröhlichkeit, fast einen Rauschzustand. So erstaunlich es war, die Stadt gefiel ihr auf einmal. Endlich raus aus der Steinwüste, keine Mauer mehr, kein Todesstrei-fen, kein Stacheldraht. Eine Stadt wie aus dem Märchenbuch, sauber, übersichtlich, harmonisch, von einer herben Schönheit, zumal wenn die Sonne schien. Ein Hauch Mittelalter noch . . . Katja fühlte sich be-schwingt; übermütig variierte sie Mörike:

> Und welch Gefühl entzückter Stärke,
> Indem mein Sinn sich frisch nach Bramme lenkt.
> Vom ersten Mark des heutgen Tags getränkt,
> Fühl ich mir Mut zu meinem wissenschaftlich Werke.
> Die Seele fliegt, so weit der Himmel reicht,
> Der Genius jauchzt in mir . . .

Über Mörike hatte sie ihren Abituraufsatz geschrieben. Eduard Mörike, 1804—1875, *An einem Wintermorgen, vor Sonnenaufgang*. Nun, es war Sommer und fast schon Mittag, aber dennoch . . . Mörike — das hörte sich nach Möhre an; doch Möhren oder Mohrrüben hießen hier in Bramme Wurzeln. Das wußte sie von Biebusch, der aus dieser Gegend kam.

Sie merkte, daß sie ein bißchen überdreht war. Die Feier gestern, die Kontrollen, die Fahrt. Und man konnte ja nicht jeden Tag Valium oder Librium schlucken.

Sie näherte sich der Innenstadt. Der Verkehr wurde dichter. Die er-sten Geschäftsstraßen; doch auch hier auffallend niedrige Häuser. Of-fensichtlich hatte man früher wegen des morastigen Untergrundes nicht höher bauen können.

Irgendwo links mußte jetzt die Knochenhauergasse abgehen, das hatte sie sich vorhin im Rasthaus an Hand eines alten Stadtplans ein-geprägt. Biebusch hatte ihn bei seinen ersten Kontaktgesprächen mit-gehen lassen. Brammermoorer Heerstraße bis über den Fluß, dann links, Pension Meyerdierks, Knochenhauergasse 11. Aber sie sah nicht viel, denn vor ihr bummelte ein blauer Lieferwagen vom *Brammer Tageblatt* die Straße entlang.

Da — der wilhelminische Backsteinkasten der Stadtbibliothek; ihr nächster Orientierungspunkt. Nicht zu glauben; es gab also tatsächlich schon Brammer, die richtig lesen konnten. Wie sie Biebusch kannte, hatte er schon in den Karteikästen nachgesehen, ob sie seine Werke angeschafft hatten. Das machte er in jeder Buchhandlung und jeder Bibliothek, die er entdeckte. *Prof. Dr. Bernhard Biebusch, Grundlegende Probleme der sozialwissenschaftlichen Methodologie, Berlin 1969, 335 Seiten, 35,80 DM.*

Hinter der Bibliothek der Fluß. Nicht viel breiter als die Spree an der Kongreßhalle. Zwei Jungen paddelten in einem gelben Schlauchboot zum Anleger hinüber. Eine schöne Brühe. Ob man noch darin baden konnte?

Gleich hinter der Brücke auf der linken Seite, in die Wallanlagen hineinragend, das Harm-Clüver-Theater, die bekannte Freilichtbühne. Das Repertoire? Sicherlich nur Niederdeutsches wie *De billige Grootmudder* oder so. Höchstens noch *Im Weißen Rößl*. Auf plattdeutsch vermutlich.

Und nun zweihundert Tage in Bramme. Besuchen Sie Bramme — wir garantieren Ihnen ungestörte Langeweile. Vergessen Sie Ihren Stress, werden Sie stumpfsinnig. Blieb nur die Arbeit. Biebusch würde sich freuen. Außer einer Eins-Minus für die Diplomarbeit war von Bramme nicht viel zu erwarten. Oder? Höchstens mal ein Ausflug nach Bremen oder Worpswede, vielleicht noch Hamburg. Den Mann fürs Leben ganz bestimmt nicht. Wenn sie die Brammer Burschen so sah, klobig, brav und bieder, war nicht mal an eine gelegentliche Befriedigung kreatürlicher Bedürfnisse zu denken . . . Oder? Vielleicht war's mit denen gerade reizvoll?

Verdammt, nun hatte sie sich doch falsch eingeordnet! Da lag linkerhand die Knochenhauergasse in voller Schönheit, aber sie durfte nicht nach links abbiegen. Was blieb ihr weiter übrig, als geradeaus weiterzufahren. Bis zum Bahnhof ging es noch; dann hatte sie vollends die Orientierung verloren. Bramme als Labyrinth, es war nicht zu fassen. Sie rollte auf eine Tankstelle zu und hielt.

,,Bitte volltanken." Nur so zu fragen, war ihr peinlich.

,,Für Sie tu ich alles!"

Schon der erste Brammer flirtete mit ihr. Na bitte. Aber kein Wunder, wenn sie sich die Brammer Mädchen ansah. Im Normfall offenbar drall, rosig und provinziell, nach dem zu urteilen, was sie bisher gesehen hatte. Und die Kleidung erst, langweilig und trist. Da war sie als Einäugige ja Königin. Wie die Monteure drüben an der Hebebühne sie anstarrten . . . Das konnte ja heiter werden.

11

Der Tankwart, blond und blauäugig, erklärte ihr den Weg zur Knochenhauergasse. Es ging so umständlich und schleppend, daß sie's gleich kapierte. Er hatte ihr Berliner Nummernschild gesehen und wollte ihr mal die Stadt zeigen. Am besten abends.

„Ich komme öfter hier vorbei . . ."

Sie fuhr weiter, landete, von den vielen Einbahnstraßen verwirrt, am Wallgraben und fand dann schließlich doch irgendwie zur Brammermoorer Heerstraße zurück. Endlich entdeckte sie den burgähnlichen Koloß des Albert-Schweitzer-Gymnasiums, wie ihn der freundliche Tankwart beschrieben hatte, und dahinter tatsächlich die Knochenhauergasse. Knochenhauer . . . Man hörte es direkt krachen. Da war auch die Kirchgasse und gegenüber das Hotel *Stadtwaage* mit dem großen Parkplatz.

Als sie anhielt, erklang gegenüber das helle Glockenspiel der Matthäikirche. Wenn das keine Begrüßung war!

Katja stieg aus und betrachtete über ihren Wagen hinweg die Pension Meyerdierks. Ein Brammer Bürgerhaus, schmal und zweistöckig, zwischen anderen Brammer Bürgerhäusern. Eine ockerfarbene Backsteinfassade, alle Begrenzungen und Öffnungen eingefaßt von grau getünchten Quadern, über jedem Fenster ein Parthenonfries im kleinen, unter der Dachrinne eine Zierleiste mit Blätterornamentik, griechisch Kymation, über dem Eingang ein Architrav, getragen von korinthischen Säulen mit einem Kapitell aus verschmutztem Stuck. Katja freute sich, daß sie im Kunstunterricht zufällig mal was fürs Leben gelernt hatte.

So ein Haus müßte man haben, dachte sie, und dann vermieten. Zwei Familien, 700 Mark Miete im Monat . . . Sie lächelte. Rudimente kleinbürgerlichen Bewußtseins bei einer progressiven Soziologin.

Wenn man genauer hinsah, machte die Knochenhauergasse schon einen etwas schäbigen Eindruck. Schäbige Eleganz. Wie ein Geigenvirtuose, der früher mal in den Konzertsälen die feinen Leute unterhalten hat und nun im abgewetzten Frack in Altersheimen spielt . . . Zwei, drei Häuser waren schon abgerissen worden. Da parkten jetzt Autos. Nächste Assoziation: Wie das Gebiß einer alternden Dame — gelbliche Zähne und etliche Lücken. Katja fuhr mit der Zunge den Oberkiefer entlang. Zwei Kronen, einige Plomben. Hoffentlich blieb es ihr erspart, hier in Bramme zum Zahnarzt zu müssen. Die hatten vielleicht noch Bohrgeräte mit Fußantrieb.

Zwei alte Damen kamen vorüber, schlurften, tasteten mit den Schuhspitzen erst die Steine ab, ehe sie den nächsten Schritt wagten. Wie mochten sie vor 22 Jahren ausgesehen haben? Katja mühte sich um ein passendes Bild. Die eine sah nach Hebamme aus. Dick, mütterlich, resolut. Vielleicht war sie bei Katjas Geburt dabei gewesen?

Oder hatte ihr, als Nachbarin vielleicht, eine Puppe geschenkt? Wieder in der Heimat . . . Katja genoß ihre sentimentalen Gefühle. Wie viele Soziologen, die Tag für Tag die Welt sezieren müssen, liebte sie insgeheim die heile Welt mit ihren Schnulzen.

Sie nahm ihren Koffer hoch, war irgendwie erstaunt, daß noch immer kein Pferdefuhrwerk vorüberrasselte, und ging auf die Pension zu. Die Fenster alle geschlossen, ein bißchen ergraute Gardinen dahinter. Keine Blumen. Kein Mensch zu sehen. Verdammtes Kopfsteinpflaster! Sie knickte dauernd um, mal war's der linke Fuß, mal der rechte. Brammer Montmartre. Es roch nach Urin. Sie schwitzte ein wenig.

Eine Treppe mit fünf ausgetretenen Stufen. Auf einer kleinen Milchglasscheibe stand das Wort *Nachtglocke*. Dahinter brannte noch immer die schwache Glühbirne. Man sah's deutlich, denn Sonnenschein gab's hier nicht. Katja drückte auf den Klingelknopf. Sekunden später stand Frau Meyerdierks in der Tür.

Eine waschechte Rubens-Figur. Katja hatte im vorigen Jahr im Prado den *Bauerntanz* von Rubens gesehen, da war ihr Frau Meyerdierks zum erstenmal begegnet. Sie kam ihr jedenfalls außerordentlich bekannt vor. Irgendwie vertraut.

„Ich bin Katja Marciniak . . ."

Frau Meyerdierks musterte sie. Die auberginenfarbene Kordhose schien ihr weniger zu gefallen, der maisgelbe Pulli auch nicht, von den langen Haaren ganz zu schweigen. Fehlte bloß noch, daß sie ihr die Arme nach Einstichstellen absuchte.

„Herr Professor Biebusch hat hier ein Zimmer für mich reservieren lassen."

„Ja, entschuldigen Sie!" Ihr Gesicht hellte sich auf. „Natürlich, natürlich!" Sie schüttelte Katja die Hand. „Ich bin Frau Meyerdierks. Wissen Sie, meine Kopfschmerzen . . . Bitte sehr, hier herein, im ersten Stock, ein schönes Zimmer . . . Na ja, schön . . . Wir stehen ja auf der Abbruchliste. Altstadtsanierung; da investiert doch keiner mehr was. Gehen Sie mal voran. Gleich die Tür an der Treppe. Die Toilette ist dann hinten links."

Katja stieg die Treppe hinauf. Eine weinrote Tapete mit silbernen Ranken darauf, die Decke rauchgebräunt wie oben in Berliner Doppeldeckerbussen. So ein bißchen Kleinstadtpuff. Der nächste Herr, dieselbe Dame. Ein fadenscheiniger Teppich; mit Reißnägeln angeheftet der Stadtplan von Bramme.

Frau Meyerdierks redete und redete, war kein bißchen norddeutsch. Ihr Mann arbeite zwar bei Buth in der Fertighausabteilung, aber von seinem Einkommen konnten sie nicht leben. Daher noch die Pension, die ganz allein in ihr Ressort fiel. Und 250 Mark im Monat für das Zimmer waren doch sicher nicht zuviel? Mit Frühstück natürlich . . .

Katja müsse entschuldigen, daß sie im Augenblick ein wenig tütelig sei, aber ihr Sohn liege in Perth, in Australien, schwerverletzt im Krankenhaus und man wisse nicht, ob er durchkomme.

„Er baut da am Stadtrand Fertighäuser, das hat er hier bei Buth gelernt. Da ist in der vorigen Woche ein Seil gerissen, und ein herabstürzendes Bauelement hat ihn getroffen. Jetzt warte ich jeden Morgen auf einen Brief von ihm."

„Das tut mir aber leid", sagte Katja höflich, vielleicht auch mit ein wenig Mitleid. „Es wird schon werden!" Was kann man da schon sagen?

Frau Meyerdierks stieß die Tür zu ihrem Zimmer auf. Katja erschrak.

Eine Tapete von einem Braun, mit dem man in Atlanten den Mount Everest kennzeichnete. Und das alles in einem Rhombenmuster, das pubertäre Knaben verwendeten, um das weibliche Geschlechtsorgan darzustellen. Dazu Versandhausmöbel in einem merkwürdigen Palisanderton. Vor dem Fenster ein schmaler Tisch, dem man schon ansah, daß er wacklig war. Auf dem Bett eine lindgrüne Steppdecke, deren Flecken auf Anhieb gar nicht zu zählen waren. Wie mußte da erst die Matratze aussehen. Katja drehte sich der Magen um. Gegenüber vom Bett, also links vom Fenster, ein kombinierter Wäsche- und Kleiderschrank. Hinter dem Bett die Zentralheizung, dann ein Waschbecken mit ein paar Kunststoffkacheln und einem elektrischen Heißwasserspeicher darunter.

Frau Meyerdierks, die Katjas Blicken gefolgt war, sagte sofort: „Schalten Sie bitte das Gerät wieder ab, wenn Sie sich gewaschen haben, das kostet sonst irrsinnig viel Strom."

„Selbstverständlich . . ."

Blieben noch zwei senfgelbe Sessel übrig, die Herr Meyerdierks wahrscheinlich im Sperrmüll gefunden hatte, und ein Stuhl, der offenbar aus dem Brammer Rathaus stammte. Die hohe, kunstvoll geschnitzte Lehne ließ darauf schließen. Vielleicht hatte sich Opa Meyerdierks als Ratsherr um Bramme verdient gemacht. Die aufgewölbten Dielen bedeckte ein anthrazitfarbener Lappen, den Frau Meyerdierks als Teppich bezeichnete und so schön fand, daß sie Katja um seine pflegliche Behandlung bat.

Katja stellte ihren Koffer neben das Waschbecken.

„Gefällt's Ihnen?" fragte Frau Meyerdierks.

„Aber ja, ich glaub schon, daß ich mich hier wohl fühle." Es wäre höchst unklug gewesen, das Gegenteil zu verkünden. „Wissen Sie, Frau Meyerdierks, ich . . ."

Ein Schatten, ein längliches Etwas war unters Bett gehuscht. Katja erstarrte, wollte aufschreien, verschluckte den Schrei. Ihr Magen krampfte sich zusammen, sie zitterte fast.

„Ist das . . . war das . . . gibt's hier Ratten? "

Frau Meyerdierks lachte. „Das war nur Alfons Mümmel."

„Alfons . . .? "

„Unser russischer Zwerghase." Sie bückte sich. „Komm, Alfons, ich hab Salat . . . Komm, mein Kleiner!"

Sie nahm den Hasen auf den Arm, und Katja streichelte ihn. Süß.

„Dann werd ich Sie man in Ruhe auspacken lassen. Wenn Sie noch einen Wunsch haben, Fräulein Marciniak . . . Ach, eh ich's vergesse: der Herr Professor Biebusch hat einen Zettel für Sie geschrieben; sehen Sie mal auf dem Tisch da."

„Ah, danke." Katja ging hinüber, nahm den Zettel und faltete ihn auseinander.

Liebes Fräulein Marciniak!
Ich hoffe, Sie hatten eine gute Fahrt. Sie finden mich ab 13 Uhr im Wespennest *am Markt. Beim Essen können wir dann alles weitere besprechen.*

Gruß, Biebusch

„Sie wollen unsere Stadt mal so richtig untersuchen? " fragte Frau Meyerdierks.

„Ja, zum sechshundertjährigen Bestehen im nächsten Jahr. Eine Hälfte bezahlt die Stadt, die andere die Stiftung Volkswagenwerk. Eine ganz hübsche Sache . . ."

„Kann ich mir kaum vorstellen, daß jemand Interesse daran hat, was hier bei uns in Bramme passiert."

„Für die Stadt- und die Gemeindesoziologie ist es schon wichtig. Berufsstruktur, geographische Herkunft der Bevölkerung, Ortsverbundenheit und Umweltverflechtung, soziale Unterschiede in den einzelnen Stadtteilen, soziale Schichtung der Bevölkerung, Schulbildung und berufliche Mobilität, Parteien, Vereine, soziale Beziehungen — ein ganzer Katalog von Fragen."

Frau Meyerdierks ließ Alfons Mümmel auf den Boden hinab; er flitzte ins Treppenhaus. „Na, dann viel Erfolg!" Sie wandte sich zur Tür. „Wenn Sie noch einen Wunsch haben . . . Ach, eh ich's vergesse: Da hat gestern jemand angerufen und nach Ihnen gefragt."

„Nach mir? " Katja war erstaunt. „Wer denn? "

„Ein Mann. Seinen Namen hat er nicht genannt. Er wollte nur wissen, wann Sie hier ankommen."

Komisch. Von ihren Freunden kannte niemand die Adresse. „Herr Biebusch vielleicht? "

„Nein, den kenne ich doch. Der war doch selber hier."

„Hm . . . Jünger oder älter? "

„Wie soll ich das wissen — am Telefon? "

Da hatte sie recht. „Hier aus Bramme? "

„Das hat er nicht gesagt, aber so gut wie die Verbindung war, da . . ."

„Hat er sonst noch was gesagt? "

„Nein, nicht daß ich wüßte."

Katja blickte in den Spiegel. Ihr linkes Augenlid zuckte etwas. „Fahr überall hin, aber nicht nach Bramme . . . Ach, Unsinn! Aber wer konnte ein Interesse an ihr haben?

„Der wird sich schon wieder melden", meinte Frau Meyerdierks und verschwand endgültig.

Katja war allein. Abgeschlossen von der Welt, wie in einer Gefängniszelle. Verurteilt zu zweihundert Tagen Bramme. Sie stand mitten im Zimmer, fror und rührte sich nicht. Wozu das alles, wozu? Sie fühlte sich schlaff wie nach einem Fieberanfall. Allein in Bramme, alles so fremd, so ungewiß. Fremde Menschen voller Aggressionen, kalt, erbarmungslos. Und Biebusch stellte so unheimlich hohe Anforderungen, da hatten schon so viele versagt. Leute, die zehnmal besser waren als sie selber. Sie warf sich aufs Bett. Wenn sie doch nur weinen könnte. Jetzt ein Kuß, jetzt eine Hand, die streichelte . . . Nichts.

Wozu die Studie, wozu die Diplomarbeit? Irgendwo liegen und schlafen, immer nur schlafen, nie wieder aufwachen. Immer nur schweben, schweben in einer wohltemperierten Flüssigkeit, die einem alles gibt, was man braucht. Nicht arbeiten, nicht denken, nicht weinen. Wenn's doch nur einen Sinn hätte! Aber wer interessiert sich heutzutage schon für eine soziologische Untersuchung von Bramme? Noch dazu, wenn Biebusch sie leitete . . . Was würden sie schon an der Wirklichkeit ändern, wenn sie hier ein dickes Buch schrieben? Nichts. Wenn's wenigstens ihrem eigenen Image genutzt hätte. Aber den Rahm schöpfte ja nur einer ab: Biebusch. *Bernhard Biebusch, Eine Provinzstadt im Spannungsfeld industrieller Entwicklung.* Und im Vorwort: *Für ihre stets zuverlässige Mitarbeit danke ich Fräulein Katja Marciniak* . . . Blieb ihr als Brosamen die Diplomarbeit. Und dafür zweihundert Tage Bramme? Der erste freundliche Eindruck war blaß geworden, die Euphorie verflogen. Bramme hatte auf einmal etwas Bedrohliches. Es ließ sich nicht denken, es ließ sich nicht aussprechen, aber es war da. Es ließ sich verdrängen, aber es blieb. Wozu das alles? Wenn sie mit dem Studium fertig war, dann heiratete sie, hatte Kinder, wusch Windeln und schälte Kartoffeln. Es war alles so sinnlos, nutzlos, überflüssig . . . Und irgendwann stand dann ihr Sohn im schäbigsten Pensionszimmer einer armseligen Stadt und suchte seinerseits nach einer Antwort . . .

Verdammt noch mal, soll er doch! Sie sprang auf, riß den Koffer auf, wühlte nach dem Transistorradio, fand es und drehte den Knopf herum. Ein schnulziger Schlager. *I beg your pardon, I never promised you a rosegarden . . .*

Nun gerade!

Ende der Katharsis. Sie fühlte sich erleichtert, beschwingt wie nach einer halben Flasche Portwein, nun doch wieder euphorisch. *Adieu, Tristesse! C'est dans les grands dangers qu'on voit les grands courages!*

Sie schaltete den Heißwasserspeicher ein und räumte, während das Wasser zu kochen begann, ihren Koffer aus. Im Schrank roch es nach Mottenpulver und ranziger Butter — offenbar hatte sich ihr Vorgänger selber verpflegt. Ach ja, einkaufen mußte sie auch noch. Jeden Abend im Restaurant zu essen, das vertrug ihr Geldbeutel nicht. Trotz der Erbschaft.

Sie wusch sich kurz, Etagenwäsche nannte man das, verbrauchte einiges an Spray und wählte dann ein kurzes Sommerkleid. Leichtes Material, zarter Druck mit viel lichtem Lila, Georgette, ein glockig geschnittener Rock, lange, blusig fallende Ärmel. Fast zu schick für Bramme.

Nachdem sie den Heißwasserspeicher auftragsgemäß abgeschaltet hatte, machte sie sich auf den Weg zu Biebusch, nicht ohne vorher auf der Treppe Alfons Mümmel mit einem Salatblatt gefüttert zu haben, das Frau Meyerdierks für alle neu angekommenen Pensionsgäste bereithielt — „damit sich das Tierchen an Sie gewöhnt!"

Es war schon kurz nach eins, und Katja beeilte sich, denn einen Biebusch ließ man nicht ungestraft warten.

Die Knochenhauergasse lief schnurgerade auf den Marktplatz zu. Keine fünf Minuten Fußweg. Sie prägte sich die ersten Namen ein. Dr. Hans Harjes, Urologe. Zoohandlung Wachmann. *Cafe Klauer.* Dr. Wolfgang Vesshoff, Rechtsanwalt und Notar. Schuh-Dopp. Lichthaus Bruns.

Eine schmale Nebenstraße, der Mönchsgang. Irgendwo mußte auch die Ruine des bekannten Zisterzienserklosters . . . Dann stand sie auf dem bunt-belebten Quadrat des Marktplatzes.

Der von Tabor oder Budweis war schöner, aber immerhin. Vor ihr das ehrwürdige Rathaus mit seiner angefressenen Renaissancefassade und viel Patina auf dem Dach. Ihr zur Linken das unvermeidliche Kaufhaus mit der bundesweit genormten Aluminiumfassade. Dahinter ein China-Restaurant, Lu Fung oder so. Schräg gegenüber, an der nördlichen Stirnseite des Platzes also, die Redaktion des *Brammer Tageblatt* und, durch die zum Wall führende Straße von ihr getrennt, die Trutzburg des Stadt- und Polizeihauses.

In der Mitte des Marktes eine Art Conrad-Ferdinand-Meyer-Gedenkbrunnen: *Aufsteigt der Strahl, und fallend gießt er voll der Marmor-schale Rund, die, sich verschleiernd, überfließt in einer zweiten Schale Grund . . .*

Katja erreichte den Brunnen und kühlte sich in der zweiten Schale Grund die Finger. Dabei stellte sie fest, daß der Brunnen von Harm Clüver erdacht und errichtet worden war, offenbar dem Universalgenie der Stadt. Auch die Freilichtbühne trug ja seinen Namen.

Vor dem linken Flügel des Rathauses störte ein hölzerner Kiosk die Harmonie des Bildes. Zeitungen, Zeitschriften, Zigaretten, Süßigkeiten, Ansichtskarten, Andenken. Katja überlegte einen Augenblick. Karten hatte sie keine zu schreiben, aber eine Tageszeitung brauchte sie. Ob das *Brammer Tageblatt* schon was von der großen Untersuchung drin hatte? Sie schlenderte über den Marktplatz.

Schon hatte sie ein Fünfzig-Pfennig-Stück aus ihrer ledernen Um-hängetasche gekramt und wollte auf den Kiosk zugehen, als sie an der Schmalseite des Rathauses, wo der Backstein besonders verwittert war, eine Gedenktafel aus weißgrauem Marmor entdeckte. Eine fünf Zeilen lange Inschrift, die einzelnen Buchstaben mit schwärzlichem Blattgold ausgelegt. Unter der Tafel eine schreibtischgroße bläuliche Platte, Basalt wohl, mit einem eingemeißelten Kreuz. Sie trat näher und hoffte, ihre guten Lateinkenntnisse bestätigt zu finden.

Aber das war kein Latein, das war Plattdeutsch. Außer dem Namen SOPHIE konnte sie keines der Worte richtig deuten. Das wurmte sie. Sie trat näher heran, stand jetzt mit beiden Füßen auf dem bläulichen Stein und wollte . . .

Im selben Augenblick schrie der Zeitungshändler aus seinem Kiosk: „Fräulein, nicht auf den Stein treten!"

Katja fuhr herum, starrte den verhutzelten, weißhaarigen Alten an und war verwirrt.

„An dieser Stelle ist 1784 die Gräfin Sophie von einem herabstür-zenden Ziegel erschlagen worden."

Katja faßte sich wieder und schaute nach oben. Da sah alles ganz solide aus. „Ich bin keine Gräfin — leider."

„Das ist der berühmte Unglücksstein von Bramme, daß weiß man doch! Wer da auf die Steinplatte tritt, der wird vom Unglück verfolgt. Alle Leute machen einen großen Bogen drumherum."

Katja lachte. Mittelalter in Bramme.

„Lachen Sie nur! Im April ist eine Hamburgerin draufgetreten, so alt wie Sie, obwohl ich sie gewarnt hatte. Ausgelacht hat sie mich. Drei Tage später war sie tot — beim Baden im Brammer Meer ertrun-ken . . ."

Wurde ihr ein bißchen mulmig? Ängstlich schob Katja den Gedan-ken beiseite. Ein wenig hastig ging sie auf den Kiosk zu. „Ein *Bram-*

mer Tageblatt bitte!" Sie warf ihr Geldstück auf die abgegriffene Glasplatte.

Der alte Mann reichte ihr die gefaltete Zeitung, gab das Wechselgeld heraus und fuhr unbeirrt fort: „Im vorigen Jahr hat auch eine junge Frau auf dem Stein gestanden und sich über mich lustig gemacht. Frauke hieß sie. Sie war gerade erst nach Bramme gekommen, als Krankenschwester. Zwei Wochen später ist sie in Hannover ermordet worden."

„Wie schauerlich!" Katja bemühte sich, spöttisch zu sein.

„Da ist was dran; passen Sie man auf!"

Katja nahm die Zeitung, nickte dem kauzigen Alten zu und nahm Kurs auf den Harm-Clüver-Brunnen. Der Unglücksstein ... So ein Unsinn! Aber ein gewisses Frösteln ließ sich kaum unterdrücken. Als sie sich umwandte und aufpaßte, bemerkte sie, daß die Brammer tatsächlich einen kleinen Bogen um den basaltblauen Stein machten. Blöd!

Sie steckte die Zeitung ein, ohne die Schlagzeilen zu überfliegen, tunkte die freie Hand kurz in die untere Schale des Brunnens, lenkte ihre Schritte auf den leicht barocken Block der Deutschen Bank zu und entdeckte links daneben das vielgerühmte Hotel-Restaurant *Zum Wespennest*. Ein zweistöckiger Fachwerkbau, ganz auf altdeutsch gemacht. Dunkelbraun gestrichen die Rahmenwerkteile, weiß getüncht die Flächen dazwischen. Sehr hübsch die Fächerrosetten im ersten Stockwerk.

Katja war auf Studentenlokale eingestellt, und als sie jetzt den mittelalterlich-fürstlich gehaltenen Speiseraum betrat, kam sie sich wie ein schüchternes kleines Mädchen vor. An den Tischen Geschäftsleute und Honoratioren, für die ein Zwanzig-Mark-Gedeck nur ein Klacks war. Apotheker, Zahnärzte, Supermarktbesitzer, Verkaufsleiter, Stadträte, Banker, Manager. Und diese schwachsinnigen Schmarotzer sollte sie nun in den nächsten Wochen interviewen, immer ein freundliches Wort auf den Lippen und ein aufmunterndes Lächeln im Gesicht? Sie würde es tun. Dabei hätte sie die ganze Brut am liebsten reihenweise geohrfeigt. Die Beate Klarsfeld von Bramme. Ganz schön schizophren. Sie fand sich interessant.

Sie ließ den Haß unter dem Zuckerguß ihrer Selbstironie verschwinden und suchte nach Biebusch. Der hatte sich natürlich in diesem protzigen Schuppen ein Zimmer gemietet und speiste auch hier. Wo anders hätte ein Elitemensch wie er auch Quartier nehmen sollen?

Hinten am Kamin hockte er. Ganz vertieft in Tizians *Bacchanal*, das als etwas düster geratene Kopie zwischen zwei Fenstern hing. Die Denkerstirn in Falten gelegt. Mit den Fingern der rechten Hand juckte er in seiner rötlichen Seemannskrause herum. Ein Wikinger der Wissenschaft.

19

„Die studentische Hilfskraft Katja Marciniak meldet sich zur Stelle!"

Biebusch zuckte zusammen, starrte sie sekundenlang an, als wäre eine Figur aus dem Reich seiner Tagträume plötzlich zum Leben erwacht, erhob sich dann andeutungsweise und begrüßte sie mit der gleichen Freude, die ein reicher Mann empfindet, wenn er 3 Mark 50 im Lotto gewinnt. Zwar gab er ihr die Hand, aber Katja, die hin und wieder Science-Fiction-Romane las, wurde unwillkürlich an die unsichtbare Kuppel eines Kraftfeldes erinnert, das die Astronauten um sich und ihr Raketenfahrzeug legen, um von feindlichen Einflüssen unbehelligt zu bleiben.

Sie setzte sich, und Biebusch schob ihr wortlos die Karte zu. Das billigste Gericht lag so bei 7 Mark. Sie hätte sich schon ein Gedeck zu 14 Mark leisten können, ein Hirschsteak etwa; schließlich hatte ihr die Großmutter ein ganz hübsches Sparbuch hinterlassen. Aber sie hatte keine Lust, fette Wirte noch fetter zu machen. Daß Biebusch sie einlud, war unwahrscheinlich, denn der dachte todsicher wieder, sie könnte seine Einladung als Eröffnung eines längst in der Luft liegenden, aber von ihm heftig gefürchteten Liebesspiels auffassen. So entschied sie sich für ein Bauernfrühstück, ganz ihrem ersten Eindruck von Bramme angemessen, während Biebusch tatsächlich das Hirschsteak wählte.

Das Gespräch kam nur mühsam in Gang. Biebusch fragte nach Reise, Unterkunft und Stimmung und sie fragte ihn nach seinen bisherigen Erlebnissen in Bramme.

Biebusch war Asthmatiker, und seine Worte waren mit pfeifenden Atemzügen unterlegt. „Bramme hat sich ganz schön verändert. Ich war seit zwanzig Jahren nicht mehr hier, seit mein Onkel tot ist. Früher habe ich immer die Ferien hier verbracht . . . Ja . . . Aber dennoch: es gab noch einige Anlaufstellen für mich. Es ist von unschätzbarem Wert für uns, daß mein alter Freund Hänschen Lankenau zur Zeit Bürgermeister ist . . . Apropos, wir sind um 15 Uhr bei ihm eingeladen, kurzer Antrittsbesuch . . ."

„Das ist ja erfreulich", sagte Katja. Ein wenig patzig, ein wenig hölzern.

Das Essen kam, und es quälte sie, daß sie sich so fremd gegenübersaßen. Für Biebusch war sie, wie sie meinte, kein Mensch, sondern ein Instrument. Er brauchte sie für seine Untersuchung, für die sogenannte Feldarbeit, und sie mußte ihn hinnehmen, wie er war, denn mit der Annahme oder Ablehnung ihrer Diplomarbeit entschied er über ihr Schicksal.

Biebusch erzählte von seiner Frau, die gerade in Berlin in der Hochschule für Musik einen Liederabend gegeben hatte — Schubert, Schumann, Mahler, Fauré und Poulenc; er erzählte von seinem Vater, der in den Aufsichtsräten einiger Banken und Konzerne saß, schätzungsweise fünfzigtausend im Monat verdiente, und von seiner Mutter, die — obwohl sie's natürlich nicht nötig hatte — unter ihrem Mädchennamen lateinamerikanische Prosa übersetzte, Cancela, Barletta, Heredia . . . Katja erzählte von Frau Meyerdierks und Alfons Mümmel. Dann erkundigte sie sich:

„Wann kommen denn die anderen beiden? "

„Herr Kuschka nimmt Frau Haas in seinem Wagen mit. Wir treffen uns morgen Punkt zehn im Büro."

„Im Büro . . .? "

„Lankenau hat dafür gesorgt, daß wir oben im Rathaus ein Zimmer bekommen."

„Dann kann ja nichts mehr schiefgehen." Katja versuchte es mit einer gewissen ironischen Distanz, hatte aber nicht den Eindruck, daß es ihr gelang. Es wirkte eher naiv.

„Das ist schon ein ausgezeichnetes Team", sagte Biebusch. „Wie haben Sie sich denn vorbereitet? "

Katja stammelte etwas von Fieber und heftigen Kopfschmerzen, dann zählte sie auf, was sie alles gelesen hatte — mehr oder minder diagonal: „Bahrdt, Schwonke, König, Wurzbacher, Elisabeth Pfeil, Renate Mayntz — und zuletzt Mitscherlich: *Die Unwirklichkeit unserer Städte*."

„*Unwirtlichkeit*", verbesserte Biebusch. „Bei mir, in meiner *Einführung in die empirische Soziologie*, steht ja auch einiges drin, was für uns nützlich sein könnte."

„Das ja . . . Auf alle Fälle . . ." murmelte Katja. Sie hatte ihre Mahlzeit beendet und wischte sich die Lippen ab. Leinenservietten hatten sie hier. Biebusch wartete noch auf seinen Nachtisch.

„Sehen Sie mal . . ." Biebusch machte eine knappe Kopfbewegung zur Tür hin, wo zwei Herren vom Ober devot begrüßt wurden, beide nicht viel älter als Biebusch, so Anfang Vierzig . . . „Die Opposition. Der mit der Brille ist Dr. Trey, Chefredakteur beim Tageblatt und wahrscheinlich nächster Bürgermeister von Bramme. Ein exzellenter Redner. Der Hagere ist Günther Buth — Buth KG und so. Dem gehört halb Bramme, einschließlich des *Wespennest* hier . . . Der heimliche Herrscher von Bramme."

Für die beiden war in der Nähe der Tür, direkt unter dem überdimensionalen Wespennest, ein Tisch reserviert, und da der Kellner bei ihnen das Geschirr abzuräumen begann, mußte Biebusch schnell das Thema wechseln. Er grüßte mit einem freundlichen Lächeln und einem kurzen Kopfnicken zu Trey und Buth hinüber und erging sich dann in subtilen Betrachtungen über die optimale Möglichkeit, Status-

21

differenzierungen empirisch zu ermitteln. „Ich halte eigentlich recht viel von der Selbsteinschätzung der Leute. Vielleicht sollten wir ihnen einfach die Prestigeskala von Moore und Kleining vorlegen und sie bitten, sich selbst einzuordnen."

Katja wollte auch einmal etwas Kluges sagen. „Ich bin ja mehr für den multiplen Statusindex von Scheuch, denn . . . denn . . ." Sie stockte. Einmal fiel ihr so plötzlich keine überzeugende Begründung mehr ein und zum andern irritierte es sie, daß die beiden Herren unter dem Wespennest immer wieder mehr oder minder verstohlen zu ihr herübersahen und dann miteinander tuschelten. Es schien ihr auch, als hätte Biebusch den beiden zugezwinkert. Sie schob ihr Kleid etwas die Schenkel hinunter.

„Wir hätten gern gezahlt", sagte Biebusch, während er den letzten Rest seines Vanilleeises aus der silbernen Schale löffelte.

„Zusammen? " fragte der Ober.

Katja vermied es, Biebusch anzusehen.

„Nein, jeder extra . . ."

Katja stand auf und strich ihr Kleid glatt. Biebusch schob ihren Stuhl unter den Tisch und flüsterte ihr zu: „Wir müssen guten Tag sagen . . . Ich kenne Trey und Buth vom Tennisclub. Da hab ich gestern gespielt . . . Kontakte! Ich werde Sie mal vorstellen."

„Wenn's sein muß." Katja haßte das Händeschütteln, das ganze alberne Zeremoniell.

Sie gingen auf den Tisch zu, an dem die beiden Männer saßen. Der Ober hatte ihnen gerade kleine Tassen gebracht, aus denen sie ihre Suppe löffelten, Schildkrötensuppe wahrscheinlich, Lady Curzon. Sie schienen in ihre Gedanken vertieft; sie schwiegen und vermieden es, nach links oder rechts zu sehen.

Es waren nur zehn, zwölf Meter bis zu ihrem Tisch, aber Katja hatte das Gefühl, über einen endlos langen roten Teppich zu schreiten, der ihretwegen ausgerollt worden war. Honoratioren. Herren der Stadt. Oberschicht. Elite. Macht. Geld . . . Und sie? Klein, winzig, bedeutungslos. Sie war intelligent, ja; sie war hübsch, ja — aber das ließ sich nur in Macht, Geld, Prestige und Unabhängigkeit umsetzen, wenn sie beides verkaufte . . . Da saßen zwei potentielle Käufer.

Über den beiden Männern das Wespennest. Überdimensioniert. Die Waben geschickt geformt aus grauem Plastikmaterial, an dünnen Fäden aufgehängt die Wespen. Ein ganzer Schwarm. Irgendwie bedrohlich.

Ein endloser Weg. Ihre Blicke erfaßten den Raum, registrierten Schwerter, Ritterrüstungen, Hellebarden, Zinkkannen, alte Flinten und Wappen an den Wänden; ein plötzliches Schwindelgefühl ließ sie ein wenig schwanken.

„Entschuldigen Sie, meine Herren", sagte Biebusch mit seiner sonoren Stimme. „Darf ich Sie mit meiner Mitarbeiterin bekannt machen ..."

Dr. Trey sah von seiner Tasse hoch, musterte Biebusch, streifte Katja mit einem kurzen, fast ängstlichen Blick und erhob sich dann schwerfällig, indem er sich mit beiden Händen von der Tischplatte hochdrückte.

Katja schaute in ein rosiges Babygesicht. Leicht geäderte Bäckchen, vielleicht mal bei Frost Motorrad gefahren, ein Schmollmund, nuckelbereit. Irgendwie farblose dunkelbraune Haare, gescheitelt, braver Beamtenschnitt, dicker Hals mit einer Unzahl kleiner Pickel, zu enger Hemdkragen wahrscheinlich. Schweiß auf der Stirn. Eine mächtige Hornbrille, dahinter blaue Augen.

„Herr Dr. Trey", sagte Biebusch. „Fräulein Marciniak."

Trey schluckte. „Freut mich, angenehm ..." Seine Hand war schlaff und feucht, und Katja hatte das Gefühl, einen toten Fisch angefaßt zu haben. Er lächelte, aber es sah mühsam aus und ließ ihn noch trauriger erscheinen.

Katja sah, daß er einen Ring trug. Ein verheirateter Mann, ein Journalist, und dann so verwirrt, wenn er ein halbwegs hübsches Mädchen sah? Was er wohl dachte? Offenbar war er vollkommen weg ... Ein bißchen verklemmt, aber nett. Schon möglich, daß er die nächste Wahl gewann; Frauen mochten solche Typen. Hilflos, scheu und lieb.

Buth hatte sich in seinen Stuhl zurückgelehnt und der Begrüßungsszene mit einem spöttischen Grinsen zugesehen. Jetzt stand er auf, schnellte fast vom Stuhl, und drückte Katja die Hand, daß es schmerzte.

„Buth", lachte er. „Geht's dir gut, liegt's an Buth. Herzlich willkommen in Bramme, meine Gnädigste, und viel Erfolg bei uns! Ich werde mich gleich erkundigen, wieviel Tage man hier angemeldet sein muß, damit man ‚Miss Bramme' werden kann — meine Stimme ist Ihnen sicher ... Mensch, wenn ich Sie vor einem meiner Häuser fotografieren lasse — das gibt einen Prospekt! Da kauft ganz Deutschland bei mir ... Sie kennen doch meine Fertighäuser? WOHNE GUT MIT BUTH! Ich hoffe, Sie kommen auch mal in meine Firma und sehen sich da um. Kleine Betriebsbesichtigung. Müssen Sie wohl ohnehin — ich bin ja die Industrie von Bramme. Früher hatte ich einen Partner, der hieß Skohr, aber den mußte ich abstoßen, weil bei dem Firmennamen keiner was kaufte: Skohr und Buth — Skorbut ..."

Katja lachte, so wie es sich gehörte; sie fand die ganze Munterkeit ein bißchen aufgesetzt. Aber alert und dynamisch war er schon, der Herr Buth. Hager, drahtig; der Kopf schmal, englisch, vielleicht ein wenig birnenförmig. Braune Augen, bernsteinfarben — nein, eher wie

Kaffee mit einem Schuß Sahne. Ein bißchen hohlwangig; schmale Lippen, eine Kerbe im Kinn; Halbglatze, hinten die grau melierten Haare lockig gehalten. Irgendwie . . . Eigentlich irgendwie sympathisch.

Buth schlug Biebusch auf die Schulter. „Herr Professor, Fräulein Marciniak — ich stehe Ihnen jederzeit zur Verfügung, wenn Sie etwas über Bramme und seine soziologischen Innereien wissen wollen. Anruf genügt — Buth ist immer gut!" Ganz weltmännisch, ganz jovial.

Biebusch bedankte sich, und nach ein paar Abschiedsfloskeln hielt er Katja die Tür auf. Der Ober kam zu spät.

Brütende Mittagshitze auf dem Marktplatz; die trockene Luft erschwerte das Atmen. Katja hustete. Sie schloß für einen Augenblick die Augen, um ihnen Zeit zu geben, sich anzupassen.

„Kommen Sie", drängte Biebusch. „Wir können den Bürgermeister schlecht warten lassen."

Katja war nicht mehr dazu gekommen, auf die Toilette zu gehen. Ihre Haare? Sie bückte sich leicht, um in der großen Scheibe des *Wespennest* ihre Frisur zu überprüfen. Dahinter hatten Trey und Buth wieder Platz genommen. Katja verstand kein Wort, konnte aber an den Gesten erkennen, daß Trey heftig auf Buth einredete.

Als sie Katja hinter der Gardine bemerkten, erstarrten sie sekundenlang, ehe Buth den Ober herbeiwinkte.

2

Magerkort legte eine kleine Pause ein, dehnte und reckte sich. 6 Uhr 32. Man müßte Urlaub haben, im Bett liegen, sich auf die andere Seite drehen, weiterschlafen.

Der Aufsichtsbeamte schlenderte durch den Raum. Magerkort machte weiter, um ihm keine Gelegenheit zu anzüglichen Bemerkungen zu geben. Drewes war der unangenehmste Inspektor des ganzen Amtes, und Magerkort wollte möglichst bald Posthauptschaffner werden. Postoberschaffner war auch schon ganz schön, aber seine rund 800 Mark monatlich für Frau und Kind, die reichten nicht hin und nicht her.

Er rückte seinen Schemel zurecht und öffnete das nächste Ortsbund. Draußen regnete es, und an sich war es hier am gewohnten Arbeitsplatz ganz gemütlich. Vor ihm im Verteilerspind steckten schon etliche Sendungen in den Fächern. Heute war Mittwoch; da würde es nicht so schlimm werden. Er hatte schon seit zwei Jahren denselben Zustellbezirk zu begehen, so daß er kaum noch auf die Verteilliste zu schauen brauchte, auf der sein Vorgänger die Häuser in den betreffenden Straßen nach ihren Nummern vermerkt hatte. Ein kurzer Blick, eine genau abgezirkelte rationelle Handbewegung — schon war der nächste Brief im richtigen Fach gelandet. Magerkort war mit sich und der Welt zufrieden.

Als er den letzten Brief einsortiert hatte, ging er in den Aufsichtsraum hinüber und fragte, ob er mal schnell telefonieren könne.

„Aber ja doch — Sie müssen nicht jeden Morgen dasselbe fragen!"

Magerkort wählte die Nummer der Pension Meyerdierks und hatte wenig später seine Schwester am Apparat.

„Morgen, Minni!"

„Guten Morgen man auch. Sag schnell — ist heute was von Carsten bei? "

„Nein, tut mir leid . . ."

„Überhaupt nichts für mich? "

„Nur ein Brief für einen Gast. Eine Frau — nee ein Fräulein Katja Mar . . . Marciniak oder so."

„Ja, die wohnt bei mir."

„Vielleicht ist morgen was von Carsten bei. Ist ja ein ganz schönes Stück von Australien rüber."

„Ja . . . Ja, hoffen wir's."

Magerkort verabschiedete sich von seiner Schwester und legte auf. Hoffentlich war sein Neffe noch am Leben.

Er ging ein wenig nachdenklich zu seinem Arbeitsplatz zurück, wechselte ein paar Worte mit den Kollegen, hörte sich einen Witz an und machte dann seinen sogenannten Ablagestellenbeutel fertig. Den beförderte nachher ein Bote zur Ablagestelle am Ende der Knochenhauerstraße, zu Heidtkes Schreibwarenladen, so daß er die Sendungen, die er auf dem letzten Teil seiner Tour abzuliefern hatte, nicht die ganze Zeit über mit sich herumschleppen mußte.

Nachdem er alle Sendungen, die für den ersten Teil bestimmt waren, in seine schwarze Zustelltasche einsortiert hatte, holte er sich von der Prüfstelle die nachzuweisenden Sendungen, Einschreiben, Nachnahmen und so.

Als er das erledigt hatte, war es auch schon 8 Uhr 03. Aber noch Zeit genug für eine kleine Frühstückspause. Er nahm seine Brote aus der Aktentasche, zog sich — ausnahmsweise mal — aus dem Automaten auf dem Flur eine Cola und setzte sich zu den Kollegen auf den großen Aussacktisch im Betriebsraum. Bultmann lächelte ihm zu: „Magst wat äten? Appelkoken? Is noch nog dor." Magerkort deutete auf seine Brote. „Välen Dank!" Bultmann sah es nicht gern, daß sie Cola tranken. „Man bäter weer een moie Taß Koffi!" Magerkort war froh, daß sie ihn zum Postamt Bramme 2 versetzt hatten; da war das Betriebsklima am besten. „Wir Straßenkamele!" sagte Bultmann. Man unterhielt sich über Trinkgelder, über die Anschriften der Gastarbeiter, die so schwer zu entziffern waren, über die Bundesliga und über diese oder jene Grüne Witwe, die im Morgenmantel öffnete, wobei diesem oder jenem die Phantasie ein wenig durchging.

Wie es der Plan vorsah, verließen die Zusteller kurz vor halb neun das Amt. Einige schoben ihre Zustellkarre vor sich her, andere, die einen größeren Bezirk zu versorgen hatten, ihren vierrädrigen Zustellwagen, von ihnen Po-Go-Cart genannt; Magerkort hingegen schwang sich auf sein gelbes Fahrrad, rief einigen Kollegen noch ein paar aufmunternde Bemerkungen zu und radelte dann in Richtung Marktplatz davon. Die Regenwolken hatten sich verzogen; es war ein wunderschöner Sommermorgen geworden. Viertel nach eins hatte er heute Feierabend. Blieb der ganze Nachmittag, um mit der Familie zum Brammer Meer zu fahren, zu baden und Federball zu spielen. Magerkort pfiff seinen Lieblingsschlager: *In Hamburg sind die Nächte lang . . .*

Auf dem Marktplatz herrschte bereits reges Treiben, und er mußte einige Schlenker machen, ehe er den schmalen Mönchsgang erreichte, der zwischen dem *Wespennest* und dem Gebäude der Deutschen Bank seinen Anfang nahm und dann, allmählich breiter werdend, in einem unregelmäßigen Bogen auf die Knochenhauergasse zulief. Er stellte das Rad vor der roten Backsteinruine des Zisterzienserklosters ab, hing sich die Zustelltasche über die Schulter und begann seine Tour in der im Begehungsplan festgelegten Reihenfolge.

Im Mönchsgang standen überwiegend abbruchreife zweistöckige Häuser, die von Rentnern, Gastarbeitern oder Studenten bewohnt wurden; da hatte er nicht viel Arbeit. Ein paar Briefe, einige Drucksachen, kaum mal ein längeres Gespräch in einem der winzigen Vorgärten.

So konnte er den Mönchsgang ziemlich schnell abhaken. Als er an der Knochenhauergasse angelangt war, ging er erst mal zur Zoohandlung Wachmann hinüber, um sich die Fische in den beiden großen und einigen kleineren Aquarien anzusehen. Das tat er jeden Morgen, obwohl er selber ein Aquarium zu Hause hatte. Fische waren seine große Leidenschaft. Wachmann hatte neue Schleierkampffische bekommen, smaragdgrüne und kornblumenblaue. Ob er sich den einen oder anderen leisten konnte? Mal sehen, schließlich hatte er ja im Mai 10 Mark gespart, als sie nicht zum Bundesligaspiel nach Bremen gefahren waren. Vielleicht gab es auch wieder mal ein vernünftiges Trinkgeld, wenn er was Erfreuliches ins Haus brachte.

Er erfreute sich noch ein, zwei Minuten an den munteren Zebrabärblingen, den zierlichen Kardinalfischen, den Neonfischen und den Glühlichtsalmlern, die Wachmann anzubieten hatte, dann ging er zum

Schuhgeschäft hinüber, lieferte ein paar Kataloge ab und kassierte anschließend im Lichthaus Bruns etwas über 40 Mark für eine Nachnahmesendung.

Nun ging es auf der anderen Straßenseite mit den Central-Lichtspielen weiter. Die hatten zwar einen Hausbriefkasten vorn an der Straße, aber das nutzte ihm wenig, da er ein Einschreiben zu überbringen hatte. Er fluchte leise. Dieser zusätzliche Weg schmeckte ihm gar nicht. Das war ein halber Volksmarsch bis zu deren Büro.

Er ging durch einen hohen Flur, dessen Wände mit bunten Schaukästen bedeckt waren. Hier entlang strömten die Besucher nach Schluß der Vorstellung ins Freie und sollten sich neuen Appetit holen. Magerkort knipste das Licht an, um sich die Plakate anzusehen. Alles Sex-Filme. Ganz hübsche Puppen. Hm . . . weiter!

Er überquerte einen schmalen Hof, in den kaum Licht von oben hineinfiel, und steuerte auf das Portal zu, über dem in altmodischen Buchstaben BUREAU stand. Magerkort wußte, daß er einen endlosen Gang hinuntergehen mußte, an dessen Ende eine eiserne Wendeltreppe nach oben führte. Diesmal verzichtete er darauf, die Deckenbeleuchtung einzuschalten; das bißchen Licht, das durch die staubbedeckten Scheiben in der Tür fiel, reichte ihm. Er kannte ja den Weg.

Konnte er es riskieren, sich neue Fische zu kaufen oder nicht? Dieser smaragdgrüne Schleierkampffisch . . . Vielleicht konnte er am Sonntag in der Pension was reparieren, das brachte auch wieder ein paar Mark. Fadenfische waren auch ganz schön, besonders die blau- und rotgestreiften Zwergfaden . . .

Das farbensatte Bild zersprang wie eine gläserne Vase unter einem Hammerschlag.

Neben ihm eine Nische. Eine dunkle Gestalt löste sich. Feste Hände packten ihn, wirbelten ihn herum. Ein Unterarm preßte seine Kehle zusammen. Ein Wattebausch fuhr ihm ins Gesicht. Süßlich, eklig . . . Chloroform. Er bäumte sich auf, er schlug um sich, er trat nach hinten, er wollte sich aus dem Würgegriff herauswinden — vergeblich.

Plötzlich wog er mehrere Zentner, schwamm in dickem Sirup, zappelte noch, zuckte und sank in sich zusammen. Ein stechender Schmerz noch an der Schulter, dann fiel er und fiel . . .

3

„Fräulein Marciniak — acht Uhr! Sie hatten geweckt werden wollen . . ."

Katja fuhr hoch, tauchte aus dämmerigen Tiefen langsam nach

oben, wußte nicht sogleich, wo sie war . . . Dann begriff sie: Bramme. Pension. Knochenhauergasse. Aus der Wechselsprechanlage die Geisterstimme der Frau Meyerdierks. Herrliches Deutsch! Das hatte sie sogar im Halbschlaf mitbekommen.

„Fräulein Marciniak — acht Uhr!"

Widerliches Gequake. Katja schrie: „Ja, danke!" Ein Knacken — Ende der Durchsage. Der allmorgendliche Griff zum Kofferradio. Diesmal nicht RIAS oder SFB, sondern NDR, II. Programm: *Hör mal 'n beten to!* Danach Popmusik und Schlager. Eine Dame jubelte aus voller Kehle: *Was ist Gold, was ist Geld? Wenn ein Mensch zu dir hält, dann hast du das Glück dieser Welt* . . .

Katja starrte gegen die stuckverzierte Decke. Eine dickliche Spinne seilte sich zu dem staubigen Heizkörper ab. Eine Fliege umkreiste den fleckigen Lampenschirm. Über ihr auf der bräunlichen Tapete die Reste der Mücke, die sie gestern vor dem Einschlafen erschlagen hatte.

Bramme.

Wozu das alles? Diese nutzlose Studie, dieses sinnlose Leben, dieses blödsinnige Hoffen auf ein besseres Morgen. Jacques Monod hatte recht — der Mensch war nichts weiter als ein Betriebsunfall der Natur, verloren im gleichgültigen Universum.

Sie registrierte ihren depressiven Schub mit Gelassenheit. Nach dem gestrigen Abend war er zu erwarten gewesen. Allein im Kino und ein lahmer Film, allein am Imbißstand und zwei lauwarme Curry-Würste, allein vor den Schaufenstern der Bahnhofsstraße und nichts weiter zu sehen als Langeweile, allein im fremden Zimmer und eine schlecht gekühlte Flasche Bier zum Trinken.

Damit war der Umschlagspunkt erreicht; sie fand sich verloren genug, um sich interessant zu finden. Hätte sie einen Roman gelesen mit dieser Katja Marciniak als Hauptfigur, sie hätte sich mit ihr identifiziert und sie bewundert; sie hätte so sein wollen wie sie.

Sie sprang aus dem Bett, zog den Bademantel an, schloß die Tür auf, ging so leise wie möglich den Flur hinunter und drehte den Schalter neben der Toilettentür herum.

„Besetzt!"

Das mußte der aufgeblasene Abteilungsleiter aus dem Kaufhaus sein, von dem Frau Meyerdierks so schwärmte. Sein Zigarrenmief drang durch alle Ritzen. Und nicht nur der. Sie ließ ihn im Dunkeln sitzen, obwohl er heftig protestierte. Fast wäre sie über Alfons Mümmel gestolpert. Sie griff sich den Hasen und schlüpfte in ihr Zimmer zurück. Während sie ihn streichelte, schaltete sie den Heißwasserbereiter ein und lauschte nach draußen.

Eine halbe Stunde später saß sie vor dem Fenster und beschäftigte sich mit ihrem Make-up. Alfons Mümmel knabberte indessen an der

Bastmatte herum, die Frau Meyerdierks zur Schonung der Dielen vor das Waschbecken gelegt hatte. Katja fand es allmählich gemütlich.

Die übliche Prozedur vor dem kleinen Standspiegel. Tönungscreme für ihr etwas blasses Gesicht, hellblauer Puder auf die Lider. Dann legte sie den Kopf etwas in den Nacken, schloß das rechte Auge zu etwa zwei Dritteln und bemühte sich, mit einem zierlichen Pinsel fachgerecht einen feinen braunen Lidstrich zu ziehen. Es glückte. Kam, um die restliche Farbe am Pinsel aufzubrauchen, der kleine Leberfleck oberhalb des rechten Mundwinkels an die Reihe. Schließlich drehte sie ihren goldenen Mascara-Stift auf und tuschte sich, nun schon etwas ungeduldig, die Wimpern. Ein Blick auf die Uhr — kein Grund zu hetzen. Sie räumte ihre Utensilien in die blau-goldene Kosmetiktasche und schaute noch einmal prüfend in den Meyerdierksschen Spiegel über dem Waschbecken. O Kay. Mit ein paar Bürstenstrichen war auch das Haar in Ordnung gebracht. Sie schob Alfons Mümmel auf den Flur hinaus und stieg zum Frühstücksraum hinunter.

Sie hoffte ihn leer zu finden, denn nichts war abscheulicher für sie, als am frühen Morgen Blabla produzieren zu müssen. Es wohnten viele Vertreter hier, Meister des hirnlosen Gesprächs. Handlungsreisende, die der Tod zu lange warten ließ.

Aber nur der Herr Abteilungsleiter starrte ihr entgegen. Unwiderstehlich wieder einmal, der Gott fußmüder Verkäuferinnen, unverehelicht, erfolgreich.

„Guten Morgen, Fräulein . . .“ Ganz Charmeur. Schon rückte er den Stuhl für sie zurecht.

„Buenos días, Señor!“

Staunen, geübtes Lächeln. „Ah, Sie sind Spanierin? “

„No le comprendo; Dispense usted!“ Katja setzte sich in die Ecke und drehte dem Herrn Abteilungsleiter den Rücken zu. Nicht für die Urlaubsreise lernte der Mensch, sondern fürs Leben.

Vor ihr das deutsche Einheitsfrühstück, patentiert appetitverderbend. Zwei schrumpelige Brötchen, je eine Scheibe Grau- und Schwarzbrot, zwei Schälchen mit Konfitüre, Erdbeer und Aprikose, ein Minipäckchen Butter, weich bereits und nur zu öffnen, indem man sich die Finger fettig machte. Rachsüchtig wischte sich Katja die Fingerspitzen an der überraschend sauberen Tischdecke ab und sah sich um.

Ein schöner Raum — schön häßlich. Bis zur Höhe der Tische eine senfbraune Holztäfelung, darüber eine lindgrüne Rauhfasertapete. An den Wänden mehrere auf Holz geleimte Puzzels, schönste Zeugnisse Meyerdierksscher Kunstfertigkeit; Seeschlachten, der Kudamm, die Tower Bridge. Dazwischen ein Ölgemälde, eine Missionsstation irgendwo in Afrika darstellend. Bei den Pygmäen wohl. Vielleicht waren die

Neger auch aus ideologischen Gründen neben den Weißen so klein geraten. Offenbar von einem dankbaren Missionar gestiftet. Von Bramme in die Welt hinaus. Erst Zwergschüler, dann Zwerge als Schüler.

Frau Meyerdierks kam mit dem, was sie Kaffee nannte, und fragte, ehe sie sich formgerecht nach der Tiefe des Schlafs erkundigt hatte, in sichtlicher Erregung: „Wissen Sie schon das Neueste? "

„Nein. Woher? "

„Mein Bruder ist überfallen worden!"

„Das ist ja . . ." Ja, was? Schrecklich, fürchterlich, entsetzlich, nicht zu glauben, eine Schande, grauenhaft? Trotz der großen Auswahl fiel Katja nichts Passendes ein.

„Er ist Briefträger", sagte Frau Meyerdierks. „Hier bei uns."

„Wer überfällt denn Briefträger? "

„Mit Chloroform!"

„Haben sie ihn betäubt? "

„Ja. Und ein Bündel Briefe gestohlen — nichts weiter!"

„Komisch . . ."

„Er ist schon wieder zu sich gekommen. Aber der Schock . . ."

„Hatte er denn Geld bei sich? "

„Ja. Aber es fehlt kein einziger Pfennig!" Frau Meyerdierks konnte es nicht fassen. „Nur ein Bündel Briefe."

„Vielleicht jemand, der gestempelte Marken sammelt . . ."

Frau Meyerdierks reagierte nicht; diese Art von Humor war Brammer Bürgern fremd. „Und denken Sie mal: da war auch einer für Sie bei!"

Katja sah erstaunt hoch. „Wie können Sie denn wissen, ob ein Brief für mich dabei war, wenn die Briefe gestohlen worden sind? "

Frau Meyerdierks schaute jetzt pfiffig drein. „Ganz einfach: Karl-Heinz — so heißt mein Bruder — ruft jeden Morgen bei mir an und sagt mir, ob ein Brief von Carsten dabei ist. Ich bin ja doch schon auf . . ."

„Wer ist denn Carsten? "

Etwas ärgerlich, daß Katja das nicht wußte: „Na, mein Sohn! Ich hab Ihnen doch erzählt, daß er schwerverletzt . . . In Perth, in Australien . . ."

„O ja. Pardon — natürlich!" Katja war's peinlich. Sie konnte sich gar nicht richtig darüber freuen, daß Frau Meyerdierks die ferne Stadt phonetisch verbrammte und wie den männlichen Vornamen Gert aussprach.

„Ein Brief von Carsten war nicht dabei, aber einer für Sie!"

„Für mich? "

„Ja. Nur einer mit meiner Anschrift — für Sie!"

Katja setzte ihre Kaffeetasse ab, überlegte, starrte Frau Meyerdierks an. Komisch . . . Wer um alles in der Welt sollte ihr schreiben? Es kannte doch niemand ihre Adresse.

Sofort war sie wieder da, diese ungewisse Angst. Seit sie auf dem Weg nach Bramme war. Wie bei einem Kind nachts in einem fremden Haus, wie bei einem Westernhelden in einer Schlucht im Feindesland, wie bei einem Weltraumfahrer nach der Landung auf einem fremden Planeten.

Was sollte das?

Nur Biebusch kannte ihre Adresse in Bramme. Aber Biebusch hätte ihr doch nie und nimmer einen Brief . . . Das war absurd!

Sie aß kaum etwas, der Appetit war weg. Sie wünschte sich nach Berlin zurück, wo sie den Dschungel kannte, seine Laute zu deuten wußte, wo sie zu Hause war.

Der Herr Abteilungsleiter trat an ihren Tisch. „Mein Kompliment — Sie sprechen ja wirklich ein ausgezeichnetes Spanisch . . . Sie kennen doch das *Wespennest*? "

Katja zerknüllte ihre Serviette und nickte.

„Da tritt heute abend in der Bar eine spanische Tänzerin auf — wenn ich Sie . . .“

Katja stand auf, strich sich mit der Hand die Krümel vom Rock und lachte: „Hab ich mir doch gedacht, daß Sie die Elektroabteilung leiten.“

„Elektro . . . Wieso? "

„Weil Sie so kontaktfreudig sind!“

Sie ließ den Herrn Abteilungsleiter stehen, kraulte Alfons Mümmel kurz das Fell und ging in ihr Zimmer zurück. Ein Blick auf die Uhr: Viertel zehn. In Bramme sagten sie: Viertel nach neun. Zeit genug, ein paar Sachen fürs Abendessen einzukaufen. Sie konnte nicht jeden abend Curry-Wurst essen, und Restaurants waren ihr auf die Dauer zu teuer. Mal ja, aber nicht immer. Der gebrauchte Karmann Ghia hatte einiges gekostet, und eine runde Million hatte ihr die Großmutter auch nicht vererbt.

Katja griff sich ihr Einkaufsnetz, schloß ihre Tür ab und trat auf die Knochenhauergasse hinaus. Gleich hinter dem Luperti-Stift war ein Laden.

Erich Taschenmachers Supermarkt war von den Verkaufspsychologen seiner Genossenschaft nach bewährten Prinzipien eingerichtet worden: an den Wänden die besonders umsatzträchtigen Waren wie Frischfleisch, Obst und Gemüse, Tiefkühlkost und Milch; die Rennstrecken von attraktiven Sonderangeboten unterbrochen; Spielzeug, Oberhemden, Dauerwurst und anderes ungeordnet in großen Schalen getürmt; handgeschriebene Texte bei Waren, die man gern losgeworden wäre.

Katja griff sich einen Einkaufswagen, obwohl sich das für die paar Dinge, die sie kaufen wollte, gar nicht lohnte. Aber Drahtkörbe gab's hier nicht. Sie sah auf den Zettel, den sie gestern abend geschrieben hatte: *2 Fl. Apfelsaft, 1/2 Pf. Butter, 1 Büchse Ölsard., 1 Schachtel Pralinen, 1 Packung Leinsamenbrot, 1 Fl. Cointreau, 100 g Wurst, 1 Dose Würstchen, Kräuterkäse, Apfelsinen.* Für ihr schlechtes Gedächtnis schon eine ganze Menge.

Im Supermarkt tat sich zu dieser frühen Stunde noch nicht allzuviel. Ein paar Hausfrauen mit Kindern an der Hand, das eine oder andere Muttchen aus dem Luperti-Stift, mal ein Handwerker, der Bier und Brötchen holte.

Katja stellte ihre fransengeschmückte Umhängetasche in den Wagen und schob ihn langsam die vorgesehenen Pfade entlang. Sie war müde, fühlte sich schläfrig. Sie fürchtete sich vor dem anstrengenden Arbeitstag mit Biebusch und den anderen beiden Koryphäen. Ihre Gedanken kreisten noch immer um den Brief, den sie nicht erhalten hatte. Vielleicht konnte sich Biebusch einen Reim darauf machen.

„Na, Fräulein, wie wär's denn mit einer kleinen Kostprobe? "

Katja zuckte zusammen. Sie verjagte sich, wie Frau Meyerdierks es ausdrückte. Eine Werbedame im Marlene-Dietrich-Alter, aber auf jung und morgenschön geschminkt, bot ihr lieblich lächelnd ein Glas Weißwein an, irgendein Phantasiename, den sie noch nie gehört hatte. Aus deutschen Laboratorien frisch auf den Tisch. Katja ließ ihren Wagen vor dem Regal mit den Dosenwürstchen stehen und trat an den kleinen Probiertisch. In ihrer Bakterienfurcht wagte sie das Glas, das offensichtlich nur in einem kleinen Plastikeimer gespült wurde, kaum an die Lippen zu setzen. Dann tat sie's doch und gab sich als Weinkennerin aus, indem sie das zuckrige Zeug mit der Zunge kaute.

„Ein ausgezeichneter Tropfen", bemerkte die Animieroma. „Wir trinken zu Hause nur noch Kalckreuther Dompfad."

„Ja, wenn man keine Wasserleitung hat", lachte Katja. Was zur Folge hatte, daß sie, da ihr die spöttische Bemerkung im selben Augenblick schon leid tat, zwei Flaschen des edlen Gewächses kaufte. Eine konnte man vielleicht beim Abschied von Bramme Frau Meyerdierks für ihre treuen Dienste überreichen.

Katja trug die beiden Flaschen zu ihrem Einkaufswagen, kaufte nun endlich die Dosenwürstchen und setzte den Rundgang fort. In wenigen Minuten hatte sie alles andere beisammen. Es wurde auch langsam Zeit, wenn sie rechtzeitig im Rathaus sein wollte.

Sie hielt an der Kasse, wartete einen Augenblick, legte dann den schwarzen Stab mit der weißen Aufschrift NÄCHSTER KUNDE hinter die Coca-Flaschen einer schwitzenden Schülerin aus dem nahen Gymnasium und packte ihre Siebensachen auf das schwarze Förder-

band. Hinter der Kasse eine dralle Brammerin; semmelblond, vollbu-
sig, weiße Haut mit rosa Bäckchen, ein Landei, wie man in Berlin zu
sagen pflegte. Aber sie war irgendwie unruhig, guckte andauernd nach
hinten zur Empore, wo offensichtlich Taschenmacher und sein Substi-
tut im Glaskasten saßen, verrechnete sich zu Ungunsten der Schülerin
und gab ihr dann, nach deren Protest, 20 Pfennig zuviel heraus. Und
das mit zittrigen Händen. Komisch.

Endlich war der Fall erledigt; und Katja kam an die Reihe. Sie stand
am Ende des Tischs, wo die Waren eine kleine Schräge hinunterrutsch-
ten, und achtete darauf, daß die Gute den richtigen Preis tippte.

„Sechsunddreißig zweiundvierzig.‟

Katja verschlug's fast die Sprache, ein bißchen viel auf einmal. Aber
zurückgeben konnte man ja kaum was. Sicher der Wein und der Likör.
Na ja. Sie ließ den Rest in ihr Einkaufsnetz gleiten und griff dann zu
ihrer Umhängetasche, die noch immer im Wagen lag, um das Porte-
monnaie herauszunehmen.

„Darf ich mal sehen!‟ Die Stimme der Verkäuferin überschlug sich
fast, so erregt war sie.

Katja begriff nicht ganz, was los war. Erst dachte sie, die Verkäuferin wäre an ihrer modisch ganz netten Tasche interessiert — aber deswegen hätte sie nicht so zu schreien brauchen.

„Richtig aufmachen!‟

Da zündete es bei Katja: sie wurde eines Ladendiebstahls verdäch-
tigt. Klar — als Fremde. Typisch Bramme. Jeder, der von auswärts
kam, war erst mal als potentieller Verbrecher anzusehen. Na, sollten
sie ihren Spaß haben.

Sie klappte die Tasche auf und hielt sie der Verkäuferin unter die
Nase. Die warf nur einen kurzen Blick hinein, dann schoß ihr rechter
Arm vor. Sekunden später hielt sie eine vielleicht sechs, sieben Zenti-
meter hohe, etwa handtellergroße Büchse in der Hand.

„Aha!‟

Katja lief rot an, war bestürzt, war hilflos, stotterte nur: „Ich weiß
nicht, wie das . . . Nein, ich . . . Aber . . .‟

Die Verkäuferin rief triumphierend nach hinten: „Herr Taschenmacher, wieder ein Diebstahl!‟

Erich Taschenmacher kam sofort zur Kasse geeilt. Untersetzt war
er, graue Stirnlocke, Mitte der Fünfzig, so selbstbewußt, als hätte er
mit seinem selbstlosen Einsatz ganz Bramme allein vor dem Hunger-
tod bewahrt, so selbstsicher, wie es ein geachteter Bürger mit 200 000
Mark Vermögen zu Recht sein durfte.

Die Verkäuferin hielt ihm die Büchse hin. „Das Krebsfleisch hier!‟

Taschenmacher lächelte jovial. „Wieder mal den richtigen Riecher
gehabt!‟

Katja war wie gelähmt. Totaler Kurzschluß im Gehirn. Alles drehte sich um den einen Gedanken: Mein Gott, die Studie! Wenn das rauskommt, können wir doch keine Interviews mehr . . . Biebuschs Mitarbeiterin klaut! Da läßt uns doch keiner mehr ins Haus. Wir sind erledigt. Alles aus. Durch meine Schuld. Keine Studie — kein Diplom. Alles umsonst. Wir können einpacken . . . Mein Gott, die Studie!

Die Verkäuferin sah sich nach allen Seiten hin um. „Ein Herr hat mir gesagt, daß die Frau hier die Büchse in die Tasche gesteckt hat, aber er ist schon weg . . .“

„Macht nichts“, sagte Taschenmacher. „Was Sie selber gesehen haben, reicht . . . Sie haben doch das Krebsfleisch aus der Tasche der Kundin genommen, *nachdem* sie die Kasse passiert und bezahlt hatte, ja? “

„Ja, das kann ich beschwören!“

Taschenmacher wandte sich zu Katja um. „War die Büchse in Ihrer Tasche, oder nicht? “

Katja starrte die Büchse an. Ein roter Stern, zwei Zeichnungen, einmal ein Krebs mit ausgebreiteten Scheren, zum anderen eine Art Kuchen aus Krebsfleisch und Salat. In blauen Buchstaben mit rotem Rand: CHATKA. In grünen Buchstaben, golden eingefaßt: *FANCY CRABMEAT. CRABE AU NATUREL — FANCY. KREBSFLEISCH FANCY. Produkt der UdSSR.* Mit der Hand vermerkt der Preis: 7,95.

Katjas Verzweiflung löste sich in einem hysterischen Ausbruch. „Das ist doch alles Unsinn! Sie spinnen ja! Ich klau doch kein Krebsfleisch — ich hab nie welches angerührt. Ich bin allergisch gegen das Zeug . . . Ich brauch auch keins zu klauen, ich kann mir eine ganze Wagenladung voll kaufen!“

Taschenmacher lächelte milde. „Wollen Sie etwa abstreiten, daß sich diese Konservendose hier in Ihrer Tasche befunden hat? “

„Nein, aber . . .“ Katja wand sich. „Die muß mir jemand reingesteckt haben!“

Die Verkäuferin lachte höhnisch.

„Die Ausrede hören wir x-mal am Tag“, sagte Taschenmacher.

Alles aus. Keine Studie, kein Abschluß des Studiums. Sie war erledigt . . . Biebusch! Sie sah ihn schon toben. Ein halbes Jahr für die Vorarbeiten, eine Menge Geld ausgegeben, unzählige Gespräche geführt — alles umsonst. Nur weil diese Krebsfleischbüchse in ihrer Tasche lag. So was sprach sich doch wie ein Lauffeuer herum: Diese linken Soziologen — wollen die Welt verbessern und klauen schon, kaum daß sie hier sind . . . Und wer glaubte ihr schon? Kein Mensch glaubte ihr . . . Katja hatte einen Einfall:

„Ich zahle Ihnen das Zehnfache des Preises, wenn Sie . . .“

„Vielen Dank für Ihr Geständnis!“

„Ich habe nichts zu gestehen, aber ich weiß ganz genau, daß mir doch keiner glaubt."

„Sie haben die Wahl: entweder vorn ans Schwarze Brett oder eine Anzeige bei der Polizei . . ."

Katja erkannte sofort, daß beides tödlich war. Auf alle Fälle bekamen diejenigen Wind davon, die ohnehin gegen die Untersuchung waren. Welche Munition für sie! Unschätzbar.

„Ich habe nichts gestohlen!" schrie sie.

„Ihre Personalien, bitte."

Katja versuchte es anders. „Verstehen Sie doch — ich bin erledigt, wenn Sie das an die große Glocke hängen! Ich bin Mitarbeiterin von Professor Biebusch, wir führen hier eine großangelegte stadtsoziologische Untersuchung durch . . ."

„So ein Pech!" Taschenmacher grinste. „Vielleicht hätten Sie sich mal beherrschen sollen."

Langsam glaubte Katja selber, daß sie das Krebsfleisch eingesteckt hatte. In Gedanken vielleicht. Aus einer Regung des Unterbewußtseins heraus, um möglichst schnell von Bramme wegzukommen — so etwas gab's doch. Das war doch möglich . . . Wer kennt sich schon?

Egal. Jetzt gab es nur noch einen Ausweg: Biebusch anrufen und steif und fest behaupten, man hätte ihr das Krebsfleisch heimlich in die Tasche gesteckt, um die Studie zu sabotieren. Vielleicht konnte Biebusch über Lankenau etwas erreichen . . .

„Kann ich mal telefonieren? " fragte Katja.

„Mit Ihrem Anwalt vielleicht? " höhnte Taschenmacher.

Langsam gewann Katja ihr logisches Denkvermögen zurück. „Sehen Sie sich vor, Herr Taschenmacher!" bluffte sie. „Ich bin hier groß geworden, ich kenne genug Leute in Bramme, die sich ärgern, wenn Sie mir auf die Füße treten . . ."

„Bitte — telefonieren Sie . . ."

Katja ging durch den langgestreckten Supermarkt und stieg zur Empore hinauf. Mit heftigem Herzklopfen und schweißigen Fingern wählte sie die Rathausnummer und ließ sich mit Biebusch verbinden.

Sie brachte kaum ein Wort hervor, als er sich meldete. Stockend erzählte sie ihm, was sie sich zurechtgelegt hatte. Zu ihrer großen Überraschung glaubte er ihr und regte sich nicht weiter auf.

„Schöne Bescherung", war sein ganzer Kommentar. „Bleiben Sie am Apparat; ich spreche mal mit Lankenau . . . Taschenmacher heißt der Mann? "

„Ja . . ."

„Momentchen mal!"

Es knackte ein paarmal in der Leitung, endlose Sekunden vergingen. Taschenmacher war inzwischen herangekommen und hatte sich eine

Zigarette angesteckt. Katja vermied es, ihn anzusehen. Irgendwo summte eine Tiefkühltruhe. Auf dem Tisch lagen Rechnungen, endlose Aufstellungen gelieferter Waren.

Endlich meldete sich jemand. „Hier Lankenau, grüß Gott, Fräulein Marciniak; nehmen Sie's leicht ... Und geben Sie mir bitte mal Herrn Taschenmacher!"

„Ja, danke ..." Sie reichte Taschenmacher den Hörer.

„Taschenmacher ... Oh! Herr Bürgermeister ..."

Katja hörte nur noch ein auf und ab schwellendes Gebrabbel, verstand aber nicht, was Lankenau sagte. Taschenmacher hatte erst noch süffisant gelächelt, allmählich aber zeigte er einen ärgerlichen Gesichtsausdruck.

„Ist gut!" rief er schließlich und knallte den Hörer auf die Gabel. „Bezahlen Sie das Krebsfleisch und verschwinden Sie!"

Katja kam erst wieder zu sich, als sie draußen auf der Knochenhauergasse stand. Gerettet!

Sie ging zur Pension hinüber und brachte ihre Sachen im Kühlschrank von Frau Meyerdierks unter.

Ein Blick auf die Uhr: Sie würde eine halbe Stunde zu spät kommen. Sie raffte ihre Unterlagen zusammen und stürzte an Frau Meyerdierks vorbei, die gerade dabei war, die von Alfons Mümmel angeknabberte Telefonschnur mit Isolierband zu umwickeln. Katja nahm sich nicht mal die Zeit, den Zwerghasen zu streicheln.

Mit kaum gedämpfter Erregung lief sie die Knochenhauergasse hinunter und überquerte den Marktplatz. Für die sonnenbeschienene Renaissancefassade des Rathauses hatte sie keinen Blick. Sie eilte ausgetretene Stufen hinauf. Eine schwarz gestrichene schmiedeeiserne Tür. Sie hatte Mühe, sie aufzuziehen.

In der Vorhalle verharrte sie einen Augenblick. Wo ging's zur Treppe? Sie war zwar gestern mit Biebusch hier gewesen, hatte aber, von ihm geführt, wenig auf die Baulichkeiten geachtet. Es war kühl und muffig hier, wie in einer Gruft. Sie hatte draußen geschwitzt; jetzt fror sie. Vor ihr an der Wand das Wappen der Stadt; blau, grün und silbrig; Moor, Fluß und Fisch. Ein Stadtplan aus verschiedenfarbigen Hölzern. Ein halbes Dutzend Büsten bedeutender Bürgermeister. Ein schwarzes Brett mit angepinnten Blättern. Eine große Hinweistafel mit einer Fülle von Dienststellen; kleine weiße Buchstaben auf schwarzem Samt.

Sie fand den Aufgang und hastete nach oben. Im ersten Stockwerk auf dem Flur ein großflächiges Modell der Stadt Bramme, an den Wänden bunte Pläne des Stadtplanungsamtes, im zweiten Stockwerk Radierungen, Graphiken, Linolschnitte und Aquarelle, eine kleine Harm-Clüver-Ausstellung. Eine Art Stiege führte ins nur teilweise aus-

36

gebaute Dachgeschoß hinauf. Raummangel hier wie überall — Parkinson oder Notwendigkeit?

Ein wenig atemlos fand Katja schließlich das Zimmer 305, an dessen perlgrauer Tür ein kleines Schildchen prangte:

Stadtsoziologische Forschungsgruppe
Prof. Dr. B. Biebusch

Sie lauschte. Nichts. Nanu? ! Normalerweise diskutierten Kuschka und Frau Haas mit einer nervtötenden Lautstärke. Auch von Biebuschs Baß war nichts zu vernehmen. Sollten sie doch woanders sitzen? Sie klopfte vorsichtshalber.

„Herein!"

Also doch. Sie öffnete die Tür. In dem kleinen Mansardenraum mit den schrägen Wänden standen vier Schreibtische, zwei Regale und ein Schrank. Alles war so vollgestopft, daß man sich kaum bewegen konnte.

Die Begrüßung war kühl und sachlich, ein paar Worte, kein Handschlag, fast kam sie sich als Störenfried vor.

„Hier geht's ja zu wie auf einer Beerdigung", sagte sie.

Biebusch deutete auf die aufgeschlagene Zeitung, die vor ihm lag, hielt ihr eine der inneren Seiten hin. „Hier, lesen Sie mal. Ein Leserbrief . . ."

Katja stützte sich auf den Schreibtisch und überflog den Text.

AUS DEM FENSTER GEWORFEN!

Zum Bericht Bramme wird durchleuchtet *(Brammer Tageblatt vom 6. 6. 1972):*

Unsere Haushaltskassen sind leer, aber unser Stadtrat wirft 50 000 DM aus dem Fenster, um eine soziologische Untersuchung unserer Stadt zu starten. Wenn deren Ergebnis vorliegt, werden wir auch nicht schlauer sein als vorher. Darum sollten alle Bürger unserer Stadt energisch dagegen protestieren, daß ihre Steuergelder derart sinnlos ausgegeben werden. Die Kosten dieser Untersuchung hätten wohl sicherlich ausgereicht, die Schule an der Brammermoorer Heerstraße und Teile des Luperti-Stiftes zu renovieren. Vielleicht wäre auch noch Geld für einige Kindergartenplätze und für die Ausstattung unserer Grundschulen mit besserem Lehrmaterial übriggeblieben. Die Steuerzahler in Bramme sollten sich endlich entschließen, der Führung ihrer Stadt mehr auf die Finger zu sehen. Alle Entscheidungen des Stadtrats, die unseren Steuersäckel belasten, sollten sorgfältig geprüft werden, sonst sind wir eines Tages verraten und verkauft. Wir brauchen

Schulen, Kindergärten, Krankenhäuser und verkehrsgerechte Straßen, aber keine weiteren Untersuchungen, in denen nichts weiter steht, als daß sie uns fehlen!

Karla Kück, Bramme

„Da steckt ein kluger Kopf dahinter", lächelte Katja.

„Ich finde das gar nicht so komisch!" polterte Biebusch los. „Erst will man Ihnen einen Ladendiebstahl anhängen und Sie unmöglich machen, dann hetzt man die ganze Stadt gegen uns auf. Da steckt doch die feste Absicht dahinter, unsere Studie unmöglich zu machen. Das ist ja ein wahres Kesseltreiben, das man da gegen uns eröffnet."

„Scheint mir eher eine ganz normale Reaktion zu sein", sagte Frau Haas. „Damit war doch zu rechnen."

Katja setzte sich an den freien Schreibtisch. „Haben Sie schon was unternommen? "

„Ich habe mit Dr. Trey gesprochen; er hat . . ." Biebusch zündete sich ein Zigarillo an und hustete erst einmal kräftig. „. . . nicht gewußt, daß der Leserbrief veröffentlicht worden ist. Er will gleich einen Reporter vorbeischicken, um noch morgen eine sachliche Gegendarstellung zu bringen. Der erste Artikel im *Brammer Tageblatt* war ja wirklich zu kurz und nicht präzise genug."

Kuschka packte sein Wurstbrötchen aus und begann zu frühstücken, Frau Haas vertiefte sich in den Wirtschaftsteil der Zeitung, und Biebusch, der verbissen den städtischen Haushaltsplan studierte, wagte es offenbar nicht, die beiden bei ihrer jeweiligen Beschäftigung zu stören. Katja legte sich einen DIN-A 4-Block bereit, um anzudeuten, daß sie nun auf den Beginn ihrer gemeinsamen Arbeit wartete, auf das erste *brainstorming* in Bramme.

Doch es herrschte wohl ein stillschweigender Konsens darüber, erst einmal die Ankunft des Reporters abzuwarten. Katja musterte die beiden dienstältesten Assistenten des Fachbereichs.

Kuschka, Arnulf A. Kuschka, war eine fleischgewordene Buddha-Figur, ein magenkranker Faun. Magenkrank deswegen, weil er nichts anderes sein wollte als ein versoffenes Genie. Er war zweifellos der Intelligenteste von allen, konnte abendfüllende Vorträge über soziologische Probleme halten, von denen der Professor Biebusch nicht einmal wußte, daß es sie gab, sah auch da noch Zusammenhänge, wo andere am Chaos verzweifelten, und konnte sich zugute halten, der geistige Vater von Biebuschs letzten fünf Büchern und Aufsätzen zu sein. Er selber hatte keinerlei wissenschaftlichen Ehrgeiz, an sich überhaupt keinen Ehrgeiz, wenn man davon absah, daß er der trinkfesteste Soziologe Deutschlands sein wollte. Er war so faul, daß er Biebusch ständig nach dem Mund redete und ihm geradezu die Füße küßte, nur in der Absicht, dadurch von Aufträgen verschont zu bleiben. Den Assistentenjob verlieren wollte er auf gar keinen Fall. Bier kostete Geld, Whisky noch mehr.

Frau Haas, Annerose Haas geborene Arndt, war Soziologin aus Leidenschaft und von einem missionarischen Eifer erfüllt, der anderen des öfteren auf die Nerven ging. Sie hatte, im Gegensatz zu den meisten Linken, den Mut, ihre Überzeugungen nicht ausschließlich vor Gleichgesinnten auszubreiten, sondern sie suchte tatsächlich den Dialog mit Andersdenkenden. Aufhebung der Entfremdung des Menschen, Schluß mit seiner Verdinglichung in technokratischen Systemen, Hilfe für die Unterprivilegierten, Schaffung einer humanen Welt, in der sich jeder frei entfalten konnte — das waren ihre Ideale. Ideale, die sie nicht hinderten, in teueren Pelzmänteln herumzulaufen, an der Börse zu spekulieren, skandinavische Möbel zu kaufen, eine Fünf-Zimmer-Wohnung nach der andern zu mieten und mit etlichen Führungskräften großer Konzerne eng befreundet zu sein. Sie demonstrierte eben im Salon und nicht auf der Straße. Knabenhaft schlank, wie sie war, wäre sie auch vom ersten Wasserwerferstrahl hinweggespült worden.

Katja freute sich aber irgendwie, mit ihnen beiden zusammenzuarbeiten, sie waren interessant in ihrer Widersprüchlichkeit, interessant aber auch wegen ihrer dauernden Gefechte.

Jemand klopfte an die Tür, hämmerte fast dagegen. Sie schreckten hoch.

„Das Rollkommando!" lachte Kuschka.

In der Tür stand ein junger Mann, deutscher Einheitstyp des neuen Linken: moosfarbene Jeans, poppiges Sporthemd, schulterlange Haare, Schnauzbart und Nickelbrille. Voll beschäftigt mit dem langen Marsch durch die Institutionen, im Gepäck die Gedanken der Herren Adorno, Habermas und Marcuse.

„Corzelius", sagte der junge Mann. „Vom *Brammer Tageblatt*."

Die vier Soziologen starrten ihn ungläubig an. Das war doch schlecht möglich — ein Law-and-Order-Blatt wie das von Bramme beschäftigte einen solchen Reporter?

„Ich bin das linke Alibi", lächelte Corzelius. „Schließlich steht bei uns oben drüber, daß wir eine unabhängige Tageszeitung sind."

Biebusch bat ihn, Platz zu nehmen, und stellte sich und seine Mannschaft vor. „Sie kommen wegen des Berichts über meine stadtsoziologische Untersuchung? "

„Unsere!" betonte Frau Haas.

„In der Tat. Ich wäre schon eher dagewesen, aber Trey hat mich erst suchen müssen."

Katja lächelte ein wenig spöttisch. „Haben Sie gerade im Stadtpark

Molotow-Cocktails gebastelt? "

„Das machen wir nur, wenn der rote Stern aufgegangen ist. Nein, aber mit Cocktails hatte es schon zu tun — mit Anregungs- und Liebescocktails, Aphrodisiaka genannt, und so . . ."

„Das gibt's hier in Bramme? " fragte Kuschka, offenbar interessiert.

„Erst seit kurzem, aber immerhin; wir werden langsam Weltstadt. So nach dem Motto: Sonntags nie, da ist die Dame in Bremen . . . Ja, also kurz nach Ostern, da hat hier ein gewisser Helmut Lemmermann einen Sex-Shop aufgemacht. Seitdem gibt es große Proteste, anonyme Drohbriefe und ähnliches. Zweimal hat's schon bei Lemmermann gebrannt; gestern nacht haben sie ihm wieder mal die Schaufensterscheibe eingeschlagen und Kuhmist in den Laden geworfen."

„Und wer steckt dahinter? " fragte Frau Haas, immer bemüht, den Dingen auf den Grund zu gehen. „Die Opposition? "

Corzelius zuckte die Schultern. „Ja und nein. Buth und Trey paßt das natürlich in den Kram, denn das ist der beste Aufhänger für ihre Kampagne für Recht und Ordnung. Leitmotiv: Etwas Besseres als das Bestehende ist nicht zu erwarten. Das *Tageblatt* walzt die Entrüstung des zur Entrüstung manipulierten Bürgers gehörig aus und ruft allen aufrechten Bürgern zu: Seht, seit Lankenau Bürgermeister ist, hat der sittliche Verfall in Bramme begonnen. Wo soll das noch enden? " Corzelius machte eine kleine, rhetorische Pause. „Das ist die eine Seite. Auf der andern ist dieser Lemmermann, dieser Sex-Shop-Onkel, ein alter Jugendfreund von ihnen, ein Spezie, wie man anderswo sagen würde, und sie haben sich gefreut, daß er nach Bramme zurückgekommen ist."

Katja hatte zwar zugehört, aber nur flüchtig, denn Corzelius selbst interessierte sie mehr als das, was er sagte. Sympathisch; der Typ, den sie mochte. Aus der Art, wie er nervös nach einer Zigarette suchte, nachdem sie sich sekundenlang in die Augen gesehen hatten, konnte sie schließen, daß es in seinem Gefühlspegel gewisse Schwankungen gab. Corzelius — keine schlechte Möglichkeit, zweihundert Tage Bramme zu überleben.

Frau Haas bohrte weiter — Herrschaftsstrukturen waren ihr Spezialgebiet: „Buth ist also der heimliche Herrscher von Bramme? "

„So kann man's nennen." Corzelius nickte. „Ihm gehört die Fabrik draußen, die Bauelemente und Fertighäuser herstellt, er hat das größte Bauunternehmen hier, Hoch- und Tiefbau, ihm gehört das *Wespennest*, das *Tageblatt*, die neue Konservenfabrik in Barkhausen unten, das Erholungsgebiet am Brammer Meer, die Lebensmittel-Kette Ge-Be-Discount — Ge-Be von Günther Buth —, das Reisebüro am Bahnhof, eine Möbelfabrik hinten an der Autobahn — und so weiter und so weiter."

„Und warum ist dann Lankenau Bürgermeister und nicht Trey? "

„Weil Buths Favorit drei Wochen vor der letzten Wahl gestorben ist. Der neue Kandidat konnte in der kurzen Zeit gegen Lankenaus Apparat nichts mehr ausrichten. Aber jetzt hat er sich ja Dr. Trey aufgebaut — und das ist ein bombensicherer Tip. Trey ist der sauberste der deutschen Saubermänner. Redlich, ehrlich, anständig, fleißig, mit dem Doktortitel gesegnet — man muß ihn einfach verehren."

„Es ist doch erstaunlich, daß es Buth bisher nicht gelungen ist, das Rathaus unter seine Kontrolle zu bringen . . ." Katja fühlte sich verpflichtet, auch einmal erkenntnisfördernd in die Debatte einzugreifen. Nirgendwo war intellektuelle Geschwätzigkeit förderlicher als in ihren Kreisen. Und so erging sie sich noch in einigen theoretischen Überlegungen zum Problem der Kooptation, obwohl das nicht hundertprozentig zur Sache gehörte. Was Biebusch auch sogleich anmerkte.

Corzelius überlegte einen Augenblick. „Ja, warum . . . Vielleicht wollte er es nicht, um nicht unnötig in die Schußlinie zu geraten; vielleicht braucht er es nicht, weil ihm der Stadtrat ohnehin alles bewilligt, was er bewilligt haben will: billiges Bauland, Straßen zu seinen Betrieben, Fachschulen zur Ausbildung seiner Arbeiter, günstige Steuersätze, Bürgschaften, Wohnheime für die Gastarbeiter . . . Was gut ist für Buth ist auch gut für Bramme! Und das ging . . ."

Katja konnte ihre Meinung über Corzelius in einem Wort zusammenfassen: Klasse.

„. . . das ging jahrelang so. Aber nun ist Hänschen Lankenau Bürgermeister von Bramme und tut alles, um Buth daran zu hindern, die Stadt weiterhin für seine Zwecke auszubeuten. Lankenau sieht harmlos aus, so 'ne richtige graue Maus, Typ Kanalarbeiter, wenig publikumswirksam — aber das ist alles Tarnung. Auch den eigenen Parteifreunden gegenüber . . ."

Biebusch schrieb mit. „Sehr interessant."

„In Wirklichkeit ist Lankenau ein . . . Na, ich behalt's lieber für mich. Wenn Buth ihn diesmal nicht stürzt, dann kann's ihn Hunderttausende und die Vorherrschaft über Bramme kosten. Darum läßt er auch nichts unversucht, seinen Freund Hans-Dieter Trey als kommendes Stadtoberhaupt aufzubauen und die Entwicklung wieder in den Griff zu bekommen. Trey dürfte auch alle Chancen haben, Lankenau bei der Wahl im Oktober entscheidend zu schlagen. Er macht mehr her und er hat, seit Buth über die Mehrheit der Anteile verfügt, das *Brammer Tageblatt* als Propagandainstrument zur Verfügung. Langsam, aber sicher machen seine Redakteure Lankenau zum Bürgerschreck. Ihre Strategie ist klar: Wenn Lankenau weiterhin gegen Buth vorgeht, investiert der eben woanders, und die Leute in Bramme werden arbeitslos . . . Gut, nicht? — Außerdem läßt sich Trey ab und zu

41

was einfallen, was ihm todsicher die Sympathie der Bürger sichert: Neulich hat er ein junges Mädchen vor dem Ertrinken gerettet."

„Den Seinen gibt's der Herr im Wasser!" spottete Katja. Er redet ein bißchen viel, aber er ist richtig nett, dachte sie.

Corzelius konnte offenbar Gedanken lesen. „Aber ich rede und rede . . ." Er sah auf die Uhr. „Eigentlich bin ich ja hier, damit Sie mir was erzählen. Trey hat mir den Auftrag gegeben, einen sachlichen Bericht über Ihre Untersuchung zu schreiben und die positiven Aspekte der ganzen Untersuchung herauszustellen." Und er fügte für Katja hinzu: „Da biste vonne Socken, wa? !"

Katja lachte. „Ich bin in Bramme geboren . . ."

„Nehmen Sie's leicht. Kopernikus stammt aus Thorn und hat die Welt zurechtgerückt, Kant kommt aus Königsberg und hat die Transzendentalphilosophie erfunden — wer weiß, welches Genie Bramme dermaleinst der Welt schenken wird."

Biebusch paßte es nicht, daß ihr Gespräch zum journalistischen Frühschoppen entartete, und er begann, leicht verärgert, Corzelius über den tieferen Sinn *seiner* Untersuchung aufzuklären.

„Die planmäßige Verbesserung der Gesellschaft kann nur gelingen, wenn die Soziologie die notwendigen Erkenntnisse zur Verfügung stellt. Gemeinden wie Bramme sind Urformen menschlichen Zusammenlebens. Sie stellen auf der einen Seite ein relativ geschlossenes soziales System dar, auf der anderen aber sind sie untrennbar mit dem sozialen, politischen und kulturellen Geschehen der gesamten Gesellschaft verbunden. Und gerade das macht sie zu einem einzigartigen Forschungsgegenstand für uns. Eine soziologische Gemeindestudie . . ."

Katja wäre am liebsten aus dem Zimmer gegangen — immer derselbe Salm! Corzelius, der sein kleines Tonbandgerät eingeschaltet hatte, guckte mehr auf ihre Knie, als daß er an Biebuschs Lippen hing. Kuschka war geistig weggetreten, vielleicht überlegte er, ob er seine halben Liter im *Wespennest* oder im *Brammer Krug* trinken sollte. Frau Haas hatte die Titelseite des *Brammer Tageblatt* vor sich liegen und malte die geschlossenen Buchstaben mit einem blauen Filzstift aus.

„. . . im Mittelpunkt steht deshalb das Problem der sozialen Schichtung", dozierte Biebusch. „Im Zusammenhang damit untersuchen wir die Berufsstruktur, die berufliche und soziale Mobilität und nicht zuletzt die Teilnahme der verschiedenen Bevölkerungsgruppen am sozialen Leben der Stadt — also Mitgliedschaft in Parteien, Kirchen, Verbänden, Vereinen und so weiter . . . kommunale Selbstverwaltung . . . Kontakte zwischen Berufsgruppen . . ." Biebusch mußte einen Augenblick innehalten, um Atem zu holen — seine Neigung zum Bronchialasthma.

Frau Haas nutzte die Zwangspause. „Und natürlich interessieren uns die Herrschaftsstrukturen: Wer gibt den Ton an? Wer läßt andere für sich arbeiten? Wer hält die Fäden in der Hand, wer manipuliert die Leute, wer stellt sich Reformen in den Weg . . ."

Biebusch verzog das Gesicht. „Wir werden sehen, ob wir noch Zeit dafür . . ."

Frau Haas ließ sich nicht stoppen. „Interessant ist auch, wie sich die Sozialisationsprozesse in Bramme gestalten, in der Familie, in der Schule, im Konfirmandenunterricht: was hat sich da alles verändert? Welche Konflikte gibt es in Bramme, wie stark ist die Jugend integriert, welches Weltbild haben die Leute, welche Werte vertreten sie, in welcher Situation befinden sich die Industriearbeiter, wer beherrscht die öffentliche Verwaltung, wie sieht es mit der Emanzipation der Frau aus, wie hat sich die Kriminalität entwickelt . . ."

Nun kam Kuschka Biebusch zur Hilfe. „Unser Hauptaugenmerk richten wir aber auf das, was Professor Biebusch dargelegt hat: auf die soziale Schichtung und den sozialen Wandel."

Corzelius grinste. „Und wie wollen Sie das alles in den Griff bekommen? "

Biebusch ließ ihn kaum die Frage formulieren. „Erstens haben wir die letzte Volkszählung als zuverlässige Informationsquelle, zweitens werden wir alle statistischen und dokumentarischen Quellen auswerten, die uns zur Verfügung stehen — Unterlagen des Standesamtes und Unterlagen über die Stadtratswahlen, natürlich auch die Nachkriegsjahrgänge Ihrer Zeitung . . ."

„Dann werden wir ja Fräulein Marciniak des öfteren bei uns zu sehen bekommen", sagte Corzelius.

Katja sah ihn an. „Aber nur wenn Sie aufpassen, daß ich mich nicht mit den Tage-blattern infiziere."

Biebusch ignorierte das. „Drittens werden wir alle Schlüsselpersonen in Bramme interviewen, also die führenden Politiker und Industriellen, die Schulleiter, die Vereinsvorsitzenden, die Pfarrer; ferner einige Ärzte, Apotheker, Behördenleiter, Künstler, Redakteure, Rechtsanwälte und so weiter; also alle Personen, die auf Grund ihrer Stellung oder ihres Berufs als besonders gut informiert gelten können . . . Und . . . äh . . ." Für einen Augenblick verlor er den Faden.

Sofort sprang Kuschka ein. „Damit werden wir den größten Teil unserer Zeit in Bramme verbringen: Auswertung der Quellen und Informationsgespräche. Der vierte Schritt . . ."

„. . . besteht dann in einer standardisierten Befragung", fuhr Biebusch fort. „Wir ziehen eine repräsentative Stichprobe aus der erwachsenen Bevölkerung von Bramme — etwa tausend Personen. Diesen tausend Personen werden wir einen vielleicht siebzig Fragen umfassenden

Fragebogen vorlegen und sie um ihre Antworten bitten."

„Das schaffen Sie doch nicht zu viert, oder? "

„Nein, nein! Dafür setzen wir die professionellen Interviewer eines Meinungsforschungsinstituts ein. Die werden das in etwa drei Wochen erledigen."

„Okay!" Corzelius stoppte sein Tonband. „Ich werd mal sehen, was sich daraus machen läßt. Klingt ja alles ganz ordentlich. Ich schicke Ihnen nachher den Fotografen rüber, damit er Sie mal knipst."

Katja lachte. „Unterschrift: Die Biebusch-Thinkers!"

Corzelius grinste; dann sagte er: „Es wird ein fairer Bericht, mein Wort. Aber trotzdem wird es Leute in Bramme geben, die erst mal ordentlich bei Ihnen auf den Biebusch klopfen werden, ehe sie der Untersuchung innerlich zustimmen."

Katja schmunzelte, Frau Haas grinste, Kuschka guckte leer und Biebusch grimmig. Corzelius griff sich sein Aufnahmegerät.

„Kann mir vielleicht noch einer genau sagen, was Soziologie eigentlich ist? "

Biebusch war nahe daran zu platzen.

Kuschka und Frau Haas versuchten es mit diversen Definitionen, aber erst Katja vermochte Corzelius zufriedenzustellen.

„Soziologie ist die Wissenschaft, die herauszubekommen sucht, was Soziologie ist!"

Corzelius lachte sich halbtot, Frau Haas grinste noch hämischer, Kuschka tat uninteressiert, Biebusch begann angewidert in seinen Akten zu blättern, und Katja bereute ihr vorlautes Mundwerk.

„Endlich!" sagte Biebusch, als Corzelius ihr kleines Büro verlassen hatte. Er machte sich an die Verteilung der Arbeit. Kuschka hatte sich mit dem Jahresbericht der Industrie- und Handelskammer Bramme zu befassen, Frau Haas mit der Analyse der letzten Kommunalwahlen und Katja durfte sich an Hand der *Chronik von 1967* mit der Geschichte der Stadt vertraut machen.

„Sagen Sie bitte, Herr Biebusch, haben Sie mir einen Brief in die Pension geschickt? "

„Ich? " Biebusch guckte ganz entgeistert. „Wieso? "

Katja hatte irgendwie Hemmungen, ihnen die ganze Briefträgergeschichte zu erzählen. „Meine Wirtin glaubt, sie hätte einen Brief verlegt, der an mich adressiert war."

„Nein, ich war's nicht. Warum auch? "

Kuschka grinste. „Bei der Zahl Ihrer Verehrer!"

„Oder haben Sie denn jemand gesagt, wo ich wohne? "

Biebusch reagierte unwirsch, er wollte endlich arbeiten. „Nein!"

Damit war die Sache erledigt. Katja hatte auch kein anderes Ergebnis erwartet.

Rätselhaft. Katja seufzte und machte sich über die *Chronik* her. Sie war herrlich uninteressant. 3000 v. Chr. erste Besiedlung der Uferdüne der Bramme. Um 15 v. Chr. etwa eroberten Soldaten des Kaisers Tiberius die kleine Siedlung (Helme und Schwerter im Heimatmuseum). Um 780 n. Chr. Christianisierung durch den angelsächsischen Priester Willehad, den Karl der Große ausgeschickt hatte. 820 Bau einer hölzernen Basilika durch den Erzbischof von Bremen. 1012 das Marktrecht durch Kaiser Heinrich II. 1547 ... Katja gähnte. Wann sie wohl zum Mittagessen gingen?

Das Telefon schrillte. Biebusch nahm den Hörer hoch und meldete sich.

„Ja, bitte? Wie war der Name ...? Ah, Herr Kossack, ja ... Ja, ich habe schon von Ihnen gehört; Sie sind Stadtrat und Wahlkampfleiter der ... Ja, genau! Das ist nett, daß wir uns auch einmal ... Ja. Kann ich Ihnen irgendwie behilflich sein ...? "

Biebusch hatte ein typisches Verkäuferlächeln aufgesetzt. Doch langsam erstarrte dieses Lächeln. Er wurde kreidebleich. Er sah Katja an, sein Atem rasselte wie vor einem Asthmaanfall. Die Finger der freien Hand zitterten leicht. Er knickte die Seite des Haushaltsplans um.

„Ist gut, Sie hören von mir ..." Keuchend legte er den Hörer auf die Gabel zurück.

„Was ist denn? "

„Ist was passiert? Ihre Frau ...? "

„Sagen Sie doch!"

Alle drei waren sie erschrocken über Biebuschs Reaktion.

Biebusch atmete tief durch, schluckte eine Tablette. „Etwas sehr Unangenehmes ..." Er erklärte ihnen etwas umständlich, wie um Zeit zu gewinnen, in welcher Partei der Anrufer welche Funktionen innehatte. „Kossack hat gute Beziehungen zum Verfassungsschutz und zur Sicherungsgruppe Bonn. Er sagt, er habe Beweise dafür in der Hand, daß Sie, Fräulein Marciniak, mit Leuten der Baader-Meinhof-Gruppe befreundet sind — befreundet gewesen sind ..." Er nannte einige Namen.

Katja fuhr hoch. „Na und? Ja — ich habe mit denen mal im selben Haus gewohnt und mit ihnen gesprochen, klar ... Woher sollte ich wissen, was mal ein Jahr später los ist? Diese ... diese ..." Die Empörung trieb ihr die Tränen in die Augen.

„Kossack hat mir ein Ultimatum gestellt", fuhr Biebusch fort und sah Katja mit zusammengekniffenen Augen an. „Entweder Sie scheiden aus meiner Arbeitsgruppe aus und fahren noch heute abend nach Berlin zurück — oder aber er will dafür sorgen, daß das ganze Projekt ins Wasser fällt."

4

Kämena dankte zum drittenmal für den Sessel, den Frau Magerkort ihm anbot, und sah ein wenig verärgert auf den Postoberschaffner hinunter, der bleich und schläfrig auf seiner Couch lag, zwei Kissen unter dem Kopf.

„Ich kann Ihnen wirklich nichts weiter sagen, Herr Kommissar!"

Kämena trat an das Aquarium und sah mit einem gewissen Mißbehagen hinein. Er mochte keinen Fisch, und er mochte keine Fische. Das lag wohl daran, daß er als Sohn eines Fischmeisters aufgewachsen war, hinten am Brammer Meer, bevor man die Autobahn ins Ruhrgebiet gebaut hatte. Keine Zeit zum Spielen, immer mithelfen, nichts Vernünftiges zu essen, immer nur Fisch ... Und dieser dußlige Magerkort machte noch ein Hobby daraus.

„Ich habe nur einen dunklen Schatten gesehen, sonst nichts. Und da hatte ich schon den Wattebausch mit dem Chloroform im Gesicht."

Kämena zog die Mundwinkel noch weiter herab. Das Ganze paßte ihm nicht. Es war doch unsinnig, daß jemand einen Briefträger überfiel, ein Bündel Briefe an sich riß und dann verschwand.

„. . . alle Sendungen, die für die Knochenhauergasse bestimmt waren", ergänzte Magerkort seinen Bericht.

Kämena sah ihn an, als wäre er selber schuld an der ganzen Geschichte. So was Blödes! Wer weiß, was dahintersteckte. Ein persönlicher Racheakt vielleicht? „Haben Sie Feinde, Herr Magerkort? "

„Feinde? Nein . . . Das würde keiner machen."

Kämena verspürte einen heftigen Schmerz rechts unterhalb des Nabels. Der Blinddarm? Schon wieder was Neues. Dauernd hatte er was. Er wußte, daß seine Kollegen seine Krankheiten zählten, im Augenblick waren sie bei fünfunddreißig angekommen, und von ihm behaupteten, er hielte sich allein durch seine Krankheiten gesund. Dabei sah er aus wie das blühende Leben, braungebrannt, trotz der fünfzig Jahre kaum eine Falte im Gesicht, volle weiße Haare, wegen seines Charakterkopfes von vielen Leuten beneidet.

„. . . und wenn schon: die würden mir doch keine Briefe klauen!" Magerkort monologisierte weiter. „Mir fehlt ja kein Pfennig von dem Geld, das ich eingenommen habe . . . Merkwürdig!"

Kämena fand es ebenfalls merkwürdig. Es gab zwei Möglichkeiten: entweder hatte der Täter geglaubt, Magerkort würde eine größere Summe bei sich haben, oder er hatte verhindern wollen, daß ein von ihm geschriebener Brief den Empfänger erreichte. Eine Liebesgeschichte? Erpressung? Ein Geständnis? Aber warum um alles in der Welt war der Gute in diesem Fall nicht einfach zum Postamt gegangen, hatte seinen Ausweis vorgelegt, die Adresse des Empfängers auf-

Wer klaut schon Briefe ...

. . . und läßt das Geld liegen. Merkwürdig. Vermutlich nichts als schlichte Briefe, an Martha von Tante Emma und so. Und kein Geld! Für ein paar Umschläge den Briefträger umschlagen – äußerst merkwürdig. Wenn's wenigstens Pfandbriefe gewesen wären – aber wer schickt die schon mit der Post!

geschrieben und um die Herausgabe des Briefes gebeten? Das wäre doch anstandslos über die Bühne gegangen.

„Ich kann mir da keinen Vers darauf machen", sagte Magerkort. „Wenn das so weitergeht — man ist ja seines Lebens nicht mehr sicher . . ."

Kämena klappte sein Notizbuch zu. Sonderlich viel war bei Magerkort weiß Gott nicht zu holen gewesen. Sehr mager, Herr Magerkort . . . Ein Scherz vielleicht, eine alberne Wette? Oder vielleicht jemand, der die Briefe zu Hause öffnete, um zu sehen, ob sich eine Erpressung starten ließ? Immerhin eine Möglichkeit; in der Knochenhauergasse wohnten nicht die Ärmsten der Armen.

„. . . da kann ich Ihnen auch nicht weiterhelfen", sagte Magerkort. „Macht nichts, Herr . . ." Kämena drückte ihm die Hand. „Herr Magerkort. Und vielen Dank für Ihre Auskünfte. Wenn was ist, melden wir uns bei Ihnen. Tschüß dann! Und erholen Sie sich gut!"

Frau Magerkort geleitete ihn zur Tür.

Kämena war zu Fuß gekommen, also mußte er auch zu Fuß ins Stadt- und Polizeiamt zurückgehen, es sei denn, er nahm sich ein Taxi oder telefonierte nach einem Dienstwagen. Aber das erste war ihm zu teuer und das zweite zu mühselig. Also ging er die Wallanlagen entlang, obwohl seine beiden Hühneraugen brannten. An sich war es ein schöner Spaziergang — die vielen kleinen Enten, die Schwäne und die Amseln, die frische Luft —, aber die rechte Freude daran wollte sich bei ihm nicht einstellen, denn einmal waren ihm die Wallanlagen wegen der vielen kleineren und größeren Verbrechen unsympathisch, die hier regelmäßig des Nachts geschahen, und zum andern beneidete er die Rentner, Hausfrauen und Wermutbrüder, die sich auf den Bänken sonnten, während er Dienst schieben mußte.

Seine Laune wurde auch nicht besser, als sein engster Mitarbeiter, Kriminalmeister Stoffregen, zum Rapport erschien. Stoffregen, Mittelstürmer in der zweiten Mannschaft des TSV Bramme, robust und selbstbewußt, wollte mit seiner Freundin zum Essen und hatte es eilig.

„Keine Spuren am Tatort. Unter den Straßenpassanten und den Anwohnern keiner, dem was aufgefallen ist . . . Ich hab in der Knochenhauerstraße rumgefragt: keiner, der 'n Brief erwartet hätte, der so einen Überfall rechtfertigen, eh . . . Ich meine, erklären könnte."

„Und der Mann aus dem Kino? "

„Der hat nichts mehr gesehen. Ehe der die Wendeltreppe runter war . . . Ein alter Opa, wissen Sie — so zwischen siebzig und scheintot . . . Nur ein paar Geräusche, ein dumpfer Fall, hastige Schritte — nichts weiter. Er hat sich erst mal um den Briefträger gekümmert, ehe er auf die Straße gelaufen ist. Anschließend war's zu spät." Stoffregen sah auf die Uhr.

„Nun gehn Sie schon essen!" sagte Kämena. „Guten Appetit!"

„Danke, gleichfalls."

„Ich mit meinem Magen . . ."

Kämena wartete, bis Stoffregen verschwunden war, dann machte er sich daran, seine Lottoscheine auszufüllen. 3, 13, 24, 38, 39, 41, Zusatzzahl 21. Endlich mal was gewinnen und den ganzen Scheiß hier vom Hals haben. Nun wieder dieser idiotische Überfall auf den Briefträger. Und das kurz vor der Wahl. Wenn er nicht rauskriegte, was dahintersteckte, würde Lankenau ihm wieder mal ganz schön die Hölle heiß machen. Hoffentlich wurde Trey neuer Bürgermeister, mit dem war auf alle Fälle besser Kirschen essen. Der Briefträger . . . Und dazu noch der dauernde Ärger mit diesem Armleuchter von Lemmermann, dem sie jede zweite Nacht die Scheiben einschmissen. Offensichtlich ein Irrer in der Stadt — fehlte bloß noch, daß der mal Amok lief. Aber an sich war's schon ganz schön, daß der Lemmermann sich ärgerte. Was kam der auch nach Bramme zurück, um hier seinen Schweinkram zu verkaufen? Der hätte ruhig in Berlin bleiben . . .

Es klopfte.

„Herein!"

In der Tür stand Helmut Lemmermann.

Kämena starrte ihn an. Wenn man vom Teufel sprach . . .

„Ich darf doch wohl . . .?" Lemmermann machte die Tür hinter sich zu und nahm auf einem der Besucherstühle Platz.

Kämena war baff. So was von Frechheit! Ein richtiger Playboytyp, dieser Lemmermann. Scheußlich!

„Hat Ihnen meine Sekretärin nicht gesagt, daß ich nicht gestört werden will?", grunzte Kämena.

„Wenn Sie man woanders auch so energisch wären, Herr Kommissar! Dann hätten Sie sicherlich auch die Leute gefaßt, die mir dreimal in der Woche die Scheiben einschmeißen und meine Auslagen in Brand stecken . . . Ganz abgesehen vom Kuhmist."

„Ganz schöne Reklame für Sie."

„Wollen Sie damit sagen, daß ich . . ."

„Ich will gar nichts sagen. Ich sage auch nicht, daß bei uns in Bramme keiner gezwungen wird, einen Sex-Shop aufzumachen, und ich sage auch nicht, daß manche Leute das, was Sie anbieten, zu Recht abscheulich finden . . ." Kämena geriet langsam in Fahrt. „Nein, Herr Lemmermann, ich sage nur: Sie haben ein Recht auf den Schutz Ihres Eigentums, so wie jeder andere Bürger auch, und wir tun unser Bestes, um den oder die Täter zu fassen. Es ist uns aber leider nicht möglich, Nacht für Nacht einen Beamten vor Ihrem Laden zu postieren. Und im übrigen —" er warf einen Blick auf Lemmermanns Maßanzug — „scheinen Sie ja ganz gut versichert zu sein."

„Ich halte durch, da können Sie sich darauf verlassen!"

Kämena hatte plötzlich bessere Laune, die kurze Auseinandersetzung mit Lemmermann wirkte auf ihn, als hätte er schnell hintereinander zwei Gläser Sekt getrunken. Jetzt mußte er Lemmermann nur noch kurz einen mitgeben. „Ich kann Ihnen nur einen guten Rat geben, Herr Lemmermann", sagte er ganz ernsthaft. „Schlafen Sie im Laden und fassen Sie die Leute auf frischer Tat."

Lemmermann wußte nicht gleich, wie er reagieren sollte, dann fühlte er sich doch veräppelt. „Sie kommen auch noch mal runter von Ihrem hohen Roß!"

Kämena konnte nichts mehr erwidern, denn das Telefon klingelte. Er nahm den Hörer ab und bellte: „Ja...?!" Dann hellte sich sein Gesicht schlagartig auf, schwappte fast über vor Freundlichkeit. Buth war am anderen Ende der Leitung. „Pardon, Günther, ich... Ja... Ja... Geht in Ordnung... Nein, nein... Natürlich bin ich einverstanden... Verlegt auf Freitag abend... Meine Frau? Ach, Sie macht gute Miene zum bösen... Klar doch. Alles kann sie mir verbieten, aber der Skatabend ist tabu... Ja, bis Freitag dann. Mach's gut!"

5

Das Hotel-Restaurant *Zum Wespennest* war ein renommiertes Haus; und auch heute mußten verschiedentlich Touristen wie Einheimische die beiden großen Speisesäle wieder verlassen, weil sie keinen freien Tisch mehr fanden.

Trotz dieses Andrangs, der auch jetzt, als es auf 14 Uhr ging, nicht geringer wurde, saßen Trey und Buth allein im Clubzimmer.

Buth hatte sein Jägerschnitzel bis zum letzten Rest gegessen, sein Teller sah aus, als hätte er ihn — was bei seiner stadtbekannten Sparsamkeit durchaus denkbar war — abgeleckt.

Dr. Trey dagegen hatte sein Hühnerragout kaum angerührt; es schien, als ekle er sich davor. Er hatte die mächtige Hornbrille abgenommen und wischte sich mit einem zusammengefalteten Taschentuch die Augen aus. Er sah blaß und übernächtigt aus.

Buth spielte mit seinem Bierglas. „Ich denke, mich trifft der Schlag, als mich Lankenaus Sekretärin um meine Zustimmung zur Untersuchung bittet und mir die Liste mit Biebuschs Mitarbeitern gibt, damit ich mir die einzelnen Lebensläufe mal ansehen kann: Katja Marciniak aus Bramme..." Buth leerte sein Glas. „Wenn sie die Wahrheit erfährt, dann ist es aus mit uns. Mit uns allen... Zwanzig Jahre Arbeit umsonst!"

„Und wenn sie nun schon alles weiß?" Trey setzte die Brille wieder auf. „Wenn sie nur gekommen ist, um uns . . ."

„Du willst dich bloß verteidigen!" Buth kippte einen Klaren hinunter. „Es war idiotisch, ihr diesen Brief zu schreiben und alles aufzudecken."

„Ich wollte reinen Tisch machen — Tabula rasa."

„Du kannst ja machen, was du willst, solange keiner weiter davon betroffen ist. Wenn ich aber dadurch hopsgehen soll — und noch ein paar andere —, dann hört's bei mir auf!"

„Ist ja schon gut", sagte Trey besänftigend. „Sie hat den Brief nicht bekommen. Wir haben ihn wieder."

„Und der Preis dafür? Wätjen mußte den Briefträger überfallen!"

„Wenn das rauskommt . . ." Es klang fast weinerlich.

„Das kommt nicht raus. Das hat nicht rauszukommen!" Buth knallte sein Bierglas auf den Tisch. „Reiß dich zusammen, Menschenskind! Es geht um unsere Existenz! Und du fällst schon beim ersten Windstoß um."

Trey atmete tief durch. „Diese verdammte stadtsoziologische Untersuchung . . . Und wenn Lankenau das alles eingefädelt hat, um die Marciniak nach Bramme zu holen?"

Buth dachte nach. „Kann sein, kann auch nicht sein . . ."

„Lankenau ist ein alter Fuchs."

Buth schlug mit der Faust auf den Tisch und lachte dröhnend. „Und ich bin ein gerissener Hund!"

Sie schwiegen.

Buth verfluchte Treys Schwäche. Dieser Brief hätte ihnen allen zum Verhängnis werden können. Nur gut, daß Wätjen den Briefträger noch erwischt hatte. Was wäre wohl passiert, wenn Trey nicht gegen acht Uhr morgens in der Firma angerufen und ihm alles gebeichtet hätte? Nicht auszudenken! Die Frage war, wie er Trey an ähnlichen Kurzschlußhandlungen hindern konnte.

Trey spielte mit seinem Kugelschreiber, drückte die Mine heraus, ließ sie wieder hineinschnellen. Hätte er Buth nicht angerufen, wäre schon alles überstanden. Die Euphorie, nun alles hinter sich zu haben, von aller Last befreit zu sein, hatte ihn zum Hörer greifen lassen.

„Ich habe 50 000 Mark geboten für ihr Schweigen", sagte Trey.

„Und wer garantiert dir, daß sie wirklich den Mund gehalten hätte? Bei ihrer politischen Einstellung . . . Und wenn sie wirklich schon alles weiß, dann wäre das ein herrliches Beweisstück gewesen . . . Nein, nein — der Brief war Wahnsinn!"

Wieder das drückende Schweigen.

Kossack kam herein, der Direktor des Hotel-Restaurants *Zum Wespennest*. Klein, drahtig, schwarzhaarig, mit einem Schuß japanischen

Bluts; sein Urgroßvater hatte sich seine Frau aus Osaka mitgebracht. Ein sehr wendiger, alerter und rhetorisch äußerst begabter Mann in ihrem Alter, also Mitte der Vierzig. Buth hatte ihn aus gutem Grund zu seinem Wahlkampfleiter gemacht.

„Schon eine Antwort von Biebusch? " fragte Buth.

„Nein. Sie sitzen noch immer vorn im Lokal und beraten."

„Du hältst uns auf dem laufenden, ja? "

„Natürlich!" Kossack blieb an der Tür stehen. „Ach, und . . . Ich hab Lemmermann angerufen und ihm gesagt, daß du ihn heute nach Ladenschluß hier treffen willst."

„Und? "

„Er kommt natürlich. Er wollte sowieso mal wieder hier essen."

„Unser alter Freund Helmut Lemmermann — Lemmy . . ."

Als sich Kossack umdrehte, um das Clubzimmer wieder zu verlassen, stieß er mit Jens-Uwe Wätjen zusammen.

„Hoppla!" Wätjen hielt ihn fest.

„Nicht so stürmisch, junger Mann!" Kossack nickte Buth und Trey noch einmal zu und schloß dann die Tür hinter sich.

„Setz dich", sagte Buth.

Wätjen setzte sich auf den lederbezogenen Stuhl neben Buth. Er sah genauso aus, wie man sich landläufig einen Ostfriesen vorstellt: massig und etwas ungeschlacht der Körper, kantig der Schädel, weizenblond das Haar, blau die Augen und rosig das Gesicht. Obgleich ebenso alt wie Buth und Trey, wirkte er noch jungenhaft und ein wenig linkisch. Er war von Hause aus Betonfacharbeiter, im Augenblick jedoch zweiter Mann beim Werkschutz der Buth KG.

Wätjen zog einen länglichen weißgrauen Briefumschlag aus der Brusttasche und ließ ihn über den Tisch rutschen. „Hier: Absender Dr. Hans-Dieter Trey. An Fräulein Katja Marciniak, Bramme, Knochenhauergasse, Pension Meyerdierks."

Trey fing den Brief ab und wollte ihn einstecken.

„Zerreiß ihn!" sagte Buth.

Trey tat es und steckte die Papierfetzen in die linke Jackettasche.

Buth wandte sich wieder Wätjen zu. „Was hast du mit den anderen Briefen gemacht? "

„Das Bündel, in dem der hier gesteckt hat, das hab ich zu Hause verbrannt."

Buth grinste. „Da wird sich der eine oder andere unserer lieben Mitbürger aber wundern. Na, vielleicht haben wir auch einiges Unheil verhütet . . ."

„Ich wollte noch das Geld mitnehmen, das er bei sich hatte, damit's nach einem Raubüberfall aussieht, aber da kam einer die Wendeltreppe runter."

„Hat dich jemand erkannt? Ich meine, gesehen?"

„Nö. Weder der Briefträger noch der Mann aus dem Büro."

„Okay . . . Und dein Trick im Supermarkt?" Buth klopfte ihm auf die Schulter.

Wätjen strahlte. „Hat geklappt! Aber sie steht noch nicht am Schwarzen Brett."

Buth nickte und sah zu Trey hinüber. „Einer deiner Lokalreporter — nach Möglichkeit nicht dieser zwielichtige Corzelius — soll sich mal umhören. Vielleicht hat Taschenmacher den Fall auch bei der Kripo gemeldet."

Trey kaute auf der Unterlippe. „Ich weiß nicht . . ."

„Aber ich!" Buth richtete sich auf. „Gehen wir davon aus, daß sie nichts weiß — und das scheint mir doch ziemlich sicher zu sein . . . Aber hier in der Stadt gibt es ein Dutzend Leute, die ihr liebend gern auf die Sprünge helfen würden. Ihretwegen, aber auch um uns in die Pfanne zu hauen. Was folgt daraus?" Buth machte eine kleine, rhetorische Pause. „Daraus folgt, sie muß aus Bramme verschwinden, ehe sie Gelegenheit hat, mit diesen Leuten ins Gespräch zu kommen. Ich habe da vier, fünf Personen im Auge, die Biebuschs Leute todsicher interviewen werden. Keine Spitzenleute — die übernimmt Biebusch selber. Zweite Garnitur. Auf die setzt er seine Mitarbeiter an." Er nannte einige Namen. „Stellt euch mal vor, diese Katja taucht bei denen auf. Wenn die zehn Minuten mit ihr gesprochen haben, dann fällt doch bei denen der Groschen. Und dann wird zur Jagd geblasen. Auf uns!"

Trey war etwas vom Tisch abgerückt und starrte auf seine Schuhspitzen.

„Wir können Sie doch nicht zwingen, Bramme zu verlassen."

Buth lachte. „Wir haben sie bald mürbe — verlaß dich drauf! Die geht ganz von selber . . . Und wenn das nicht hilft: Ich bin sicher, daß Biebusch eher eine seiner Mitarbeiterinnen fallenläßt, als daß er auf die ganze Untersuchung verzichtet. Die Information aus Berlin war Gold wert; sie hat nun mal mit einigen Baader-Meinhof-Leuten Tür an Tür gewohnt und mit ihnen verkehrt . . ."

Wätjen grinste. „Richtig verkehrt?"

Buth reagierte unwirsch. „Weiß ich doch nicht . . . Jedenfalls, das ist unser größter Trumpf. Erst protestieren wir mit allen Mitteln gegen diese soziologische Untersuchung und dann handeln wir mit Lankenau einen Kompromiß aus: die Studie — in Gottes Namen. Aber nur ohne Fräulein Marciniak!"

Trey lächelte, vielleicht überzeugt, vielleicht resigniert. „Und wenn das immer noch nichts nützt?"

„Dann werden uns schon noch andere Mittel einfallen, sie aus Bramme zu vertreiben."

Trey wurde ärgerlich. „Wir können sie schließlich nicht ermorden!"

Buth, der seinen linken Arm auf die Stuhllehne gestützt hatte, drehte die Handfläche nach oben; eine vielsagende Geste.

Trey fuhr hoch. „Und das sagst du!?"

Buth lächelte. „Ich hab gar nichts gesagt."

„Wir können ja auch einen Unfall . . ." murmelte Wätjen.

Sie schwiegen.

„Wir müssen handeln", sagte Buth schließlich., „denn sie kann uns fertigmachen — so oder so. Und sie hat einigen Grund dazu, es zu tun. Ganz zu schweigen von ihren politischen Freunden, für die es ein gefundenes Fressen wäre. Ich sehe gar nicht so sehr den rechtlichen Aspekt — den auch, ja —, sondern vor allem den politischen. Ihr wißt doch selbst, wie die Bürger hier reagieren." Und, etwas spöttisch: „Besonders, wenn sie zu achtzig Prozent das *Brammer Tageblatt* lesen. So kurz vor der Wahl."

„Je mehr wir unternehmen, desto gefährlicher wird sie für uns", meinte Trey müde. „Wir wecken doch nur schlafende Hunde!"

„Unsinn!" Buth sprang auf. „Es gibt doch todsicher eine Katastrophe, wenn wir nichts unternehmen. Und wir haben nur noch eine Chance: Sie muß verschwinden, ehe es bei ihr oder irgend einem unserer werten Mitbürger Klick macht . . . Uns bleibt doch gar nichts weiter übrig! Ja — wenn du diesen verdammten Brief nicht geschrieben hättest — aber so . . . Der Briefträger ist überfallen worden; wir haben A gesagt, wir müssen nun wohl oder übel auch B sagen."

„B wie Buth." Wätjen grinste.

Trey stöhnte nur.

„Macht euch mal keine Sorgen", sagte Wätjen. „Mir fällt schon noch was ein, was sie das Fürchten lehrt. Die wird noch mal froh sein, daß sie lebendig hier rausgekommen ist."

6

16 Uhr 30. Katja ging auf Corzelius zu, der lässig auf der untersten Schale des Harm-Clüver-Brunnens saß. Er hatte sich zu einem kleinen Ausflug ans Brammer Meer eingeladen: sein Wagen sei in der Werkstatt und er suche einen Chauffeur, der ihn zum Baden fahren würde.

Er stand auf, faßte sie an den Schultern, sah sie aufmerksam an: „Stimmt — Sie sehen tatsächlich ein wenig klüger aus als vorher."

„Klüger?" Katja war verblüfft. „Wieso?"

„Weil Sie gerade aus dem Rathaus kommen."

So ging es noch eine ganze Weile, und Katja vergaß vorübergehend ihre Sorgen. Erst als sie in ihrem weinroten Karmann Ghia die Brammermoorer Heerstraße hinunterfuhren, kam Corzelius auf das zu sprechen, was sie bewegte.

„Wie hat sich denn Biebusch entschieden? "

Katja lachte; es klang bitter: „Er würde mich am liebsten fallenlassen und seine Untersuchung retten . . . Was bin ich denn — Hilfsarbeiterin, Zuarbeiterin. Ich habe ihm nichts zu bieten, keine Privilegien, keine Aufträge, keine Posten — Bildungsrat und so. Ich habe auch keine Freunde, Verwandte oder Bekannte, die so hoch in unseren Hierarchien angesiedelt sind, daß er Angst kriegen könnte."

„Und Kuschka? "

„Der auch. Der verspricht sich hier in Bramme ein faules Leben und ein paar neue Saufkumpane."

„Aber Frau Haas . . ."

„Die hat ihr Geld schon verplant; die kann nicht aussteigen."

Corzelius schüttelte den Kopf. „Und ich dachte, die hätten sich alle mit Ihnen solidarisiert? "

„Haben sie ja auch."

Nun verstand Corzelius überhaupt nichts mehr.

Katja klärte ihn auf. „Sie kennen doch die Situation in Berlin: Was meinen Sie, was passiert, wenn Biebusch mich feuert und ich die Sache im Fachbereich hochspiele? Kuschka und Frau Haas wären erledigt, und Biebusch hätte keine ruhige Minute mehr. Denen bleibt gar nichts weiter übrig, als sich mit mir zu solidarisieren."

Corzelius pfiff durch die Zähne. „Das kann ja noch allerhand Zirkus hier geben . . . Und wenn Sie nun freiwillig . . ."

Katja fuhr ihn an. „Dann ist meine Diplomarbeit im Eimer. Dann hab ich drei Jahre lang umsonst studiert. Dann kann ich anschließend stempeln gehen — ohne Abschluß, bei dem Fach! Gar nicht zu reden von meiner Promotion . . ."

„Ich sag's Ihnen ganz offen — denken Sie sich dabei, was Sie wollen: Ich mach mir Sorgen um Sie."

„Danke!"

Sie fuhren schweigend zum Brammer Meer hinaus. Katja wertete seine Besorgnis weniger als Liebeserklärung, sondern mehr als Versuch, sie nun auf diese sanfte Tour loszuwerden. Corzelius war es offenbar peinlich, sich verraten zu haben.

Das Brammer Meer erwies sich als trapezförmiger Baggersee, längst nicht so groß wie das Steinhuder oder das Zwischenahner Meer, höchstens Berliner Wannsee. An der einen Längsseite Strand und Kioske, an der andern die Autobahn, ansonsten niedrige Büsche und Wiesen sowie ein Campingplatz. Das Wasser war kalt und schlammig;

wenn man außerhalb der Kinderzone den Fuß hineinsetzte, glitschte man sofort ins Tiefe.

Die Spannung zwischen ihnen löste sich erst, als sie quer über den See geschwommen waren und am gegenüberliegenden Ufer eine kleine Verschnaufpause einlegten.

Corzelius atmete noch etwas heftig. „Ah . . . Obwohl ich ansonsten kein guter Schwimmer bin – aber mit Ihnen wäre ich bis ans Ende der Welt geschwommen."

„Da sind wir doch schon."

Corzelius nickte. „Ja; welch ein Jammer, ich bin Brammer! Dafür kann ich mich aber auch vors Rathaus stellen und laut rufen: Ich bin ein Brammer. Aber was meinen Sie, wie man Kennedy ausgelacht hätte, wenn er bei uns gerufen hätte: Ich bin ein Berliner!"

„Warum ausgelacht? "

„Weil ein Berliner bei uns ein Pfannkuchen ist. Ein Krapfen, auf süddeutsch. Was Schmalzgebackenes."

„Aha. Und was ist eine Berlinerin? "

„Nun – es kann auch was sehr Süßes sein."

„Ach ja? Ich kann das nicht so beurteilen, wissen Sie. Ich bin nämlich auch in Bramme geboren."

„Meine Flamme stammt aus Bramme . . ."

Da schubste sie ihn ins Wasser.

Sie schwammen ans andere Ufer zurück, spielten Federball und lutschten Vanilleeis, das ein unscheinbares Männchen mißmutig anbot.

„Das ist ein ganz berühmter Mann", sagte Corzelius.

„Was – dieses Hutzelmännchen da? "

„Ja doch. Sein Name ist Woche für Woche in aller Mund. Hunderttausende schreien ihn voller Begeisterung, sind völlig aus dem Häuschen . . ."

Katja sah ihn ungläubig an. „Wie heißt er denn nun? "

„Thor – Reinhold Thor."

Katja seufzte. „Ach so – Sie gehen auf den Fußballplatz . . . Na, das erklärt wenigstens Ihren niedrigen I. Q."

Es wurde langsam kühler, und sie setzten sich, da beiden fröstelte, Rücken an Rücken auf Corzelius' Bademantel. Sonnenuntergang am Brammer Meer; die herbe Landschaft wurde plötzlich zärtlich. Von irgendwoher drangen sentimentale Lieder herüber. . . . *unten am Fluß, der Ohio heißt* . . . Sie schwiegen.

Katja fühlte sich befreit von allen Aggressionen. Sie vergaß die Angst der ersten Stunden. Sie war heimgekehrt in einen Schoß, der Bramme hieß. Es war verrückt, aber sie träumte es: Hier heiraten, hier Kinder großziehen, hier an der Seite eines Mannes seine Erfolge genießen; Biebusch vergessen, die Soziologie vergessen, den Ehrgeiz vergessen. *Wie süß der Nachtwind nun die Wiese streift, und klingend jetzt den jungen Hain durchläuft* . . . Da war sie wieder bei ihrem Mörike.

Ich denke nichts, ich spreche nichts: ich träume nur . . . Auch Mörike? Nein. Rimbaud . . . Was Corzelius wohl dachte? Sein Herz schlug schnell. Sie saßen fast allein am Strand, warum er die Stimmung der Stunde nicht nutzte? War er zu scheu? Oder war er von denen gekauft, die sie aus Bramme vertreiben wollten, und rang nun mit sich?

„Wir müssen zurück", sagte Corzelius.

„Schade . . ." Katja wußte, daß er sich um 20 Uhr beim Kommissar vom Dienst einzufinden hatte, um für die Sonntagsausgabe einen Bericht über die nächtlichen Einsätze des Funkstreifenwagens Otto-Anton 17 zu schreiben. Das ließ sich nicht mehr verschieben. Sie selber war mit Kuschka und Frau Haas verabredet — im *Wespennest* natürlich; unter dem machte Frau Haas es nicht.

Auf der Rückfahrt diskutierte Katja hektisch über die chinesische Kulturrevolution — weniger vielleicht aus Interesse an der Sache, als aus dem Bestreben, die lyrische Stimmung abzubauen und Corzelius daran zu hindern, ihr den Arm um die Schultern zu legen und sie nachher auf dem Parkplatz zu küssen. Sie liebte, wenn es ernster sein sollte, das Behutsame, das Allmähliche. Und außerdem wußte sie ja nicht, ob Corzelius sein Verliebtsein nicht nur heuchelte . . .

Beim Abschied vor dem *Wespennest* ging es dann auch einigermaßen sachlich zu.

„Kann man sagen, was immer unter unseren Romanen steht: Fortsetzung folgt? " fragte Corzelius.

Sie gab sich hintergründig. „Man kann, wenn man kann."

Damit verschwand Katja im Lokal, während Corzelius zur Redaktion hinüberging.

Die beiden diplomierten Kollegen waren beschäftigt. Kuschka hatte sich eine doppelte Portion Tatar bestellt und vermengte das rohe Fleisch mit Eigelb, Paprika und Kapern, wobei er schon beim Abschmecken ein gutes Viertel verzehrte, während Frau Haas mit sichtlicher Ungeduld die Gräten aus ihrer Forelle pulte.

„Gibt's was Neues? " Katja setzte sich und griff nach der Speisekarte.

„Nein", antwortete Kuschka. „Immer noch Waffenstillstand. Biebusch will erst klein beigeben, wenn Kossack handfeste Beweise auf den Tisch legt."

„Das kann er nicht", sagte Katja, „weil es keine gibt."

„Eben, eben!" Kuschka grinste. „Keine Angst — Biebusch ist auf Frau Haas noch saurer als auf Sie."

„Warum denn das? "

„Weil sie ihn mächtig angefahren hat . . . Sie waren gerade weg, da holt er eine Ausarbeitung von Frau Haas aus der Tasche — amerikanische Gemeindeforschung, Warner, die Lynds und so — und fragt: ,Ausgezeichnet — wer hat denn das geschrieben? ' Frau Haas geht natürlich in die Luft wie das HB-Männchen und beschimpft ihn fürchterlich . . ."

Bei Frau Haas kam der Ärger wieder hoch. „Ich dachte, das wäre wieder so eine Spitze von ihm. Wo er doch annimmt, daß mein Mann alles für mich schreibt bzw. geschrieben hat — einschließlich meiner Diplomarbeit."

Katja nickte. Frau Haas hatte das Pech, daß ihr Mann ebenfalls Soziologe war, und ein anerkannt guter dazu. Und das bei ihrer Sucht nach Emanzipation.

„Dabei wollte Biebusch nur wissen, wer denn das Manuskript so sauber abgetippt hat", lachte Kuschka.

Frau Haas kam langsam in Fahrt. „Biebusch — Deutschlands Größter! Wodurch ist der denn was geworden? Dadurch, daß er 1955 aus Amerika zurückgekommen ist und all das, was die da seit 1933 zusammengetragen hatten, als *seine* Soziologie verkauft hat. Selber ist er doch so kreativ wie ein Felsblock. Aber das elitäre Gehabe! Keine Ahnung, wie eine Fabrik von innen aussieht, aber dumme Sprüche klopfen über die Optimierung der Effizienz durch einen kooperativen Führungsstil. Großes Gerede von Demokratisierung und so — und uns behandelt er wie seine Leibeigenen. Da spuckt er große Töne von wegen Professionalisierung und Hingabe an die Sache, aber wenn er weniger als 10 000 Mark daran verdient, führt er keine Untersuchung durch. Unter dreitausend . . ."

Sie brach abrupt ab, denn in diesem Augenblick kamen Kossack und Lankenau aus dem Clubzimmer und blieben vor dem Tresen stehen.

„Zum Abschluß einen Korn? " fragte Kossack.

„Warum nicht", sagte Lankenau. „Früher hieß es ja, ,Arbeiter meidet den Alkohol, kauft euern Schnaps im Konsum!' — aber heute . . ."

Sie tranken beide, und Katja zitterte vor verhaltener Erregung. Sie wußte, wer Kossack war. Hatten sich die beiden geeinigt? Sah ihr Kompromiß so aus, daß man die studentische Hilfskraft Katja Marciniak opferte?

„Das sieht ja weniger schön aus", brummte Kuschka.

Der Ober kam. Katja bestellte irgend etwas und wußte Sekunden später nicht mehr, was sie bestellt hatte.

Kossack geleitete Lankenau zur Tür.

„Lassen wir das mit der Kontaktschuld", sagte Lankenau. „Wenn jeder, der dem Führer jemals die Hand gedrückt hat, heute aus seinem

Beruf rausfliegen sollte, hätten wir einige tausend Arbeitslose mehr — dabei sicherlich einige wichtige Stützen unserer freiheitlich-demokratischen Grundordnung . . ."

„Ich habe nicht gedrückt . . . Ich bin überhaupt gegen jeden Druck. Ich verlasse mich aber auf Ihr Wort, daß der Schlußbericht nicht in eine Beschimpfung meiner Freunde und einer Forderung nach Aufhebung des Privateigentums ausartet . . ."

Katja duckte sich hinter Frau Haas, aber es half nichts, Lankenau erkannte sie.

„Da sitzen ja meine jungen Freunde!" Er griff sich einen freien Stuhl, stellte ihn neben Katja an den Vierertisch, begrüßte sie und ließ sich mit Kuschka und Frau Haas bekannt machen. „In der Höhle des Löwen, das lob ich mir! Ober, eine Lage für uns!" Er setzte sich und strahlte sie an, während sich Kossack unter dem Eindruck dieser Demonstration in die hinteren Gemächer zurückzog. „Ich habe gerade mit ihm über die Begrenzung des Wahlkampfs gesprochen. Klar, daß wir uns dabei auch über Ihre Studie unterhalten haben. Ich glaube nicht, daß Kossack Ihnen noch Steine in den Weg legen wird." Er schmunzelte. „An Ihrer Untersuchung, da hängt jetzt auch mein Prestige dran . . ."

Er redete und redete, ließ sie kaum zu Worte kommen. Hans Lankenau, Volksschullehrer, Funktionär, Bürgermeister. Ein zerknautschter brauner Anzug von der Stange, ein überdimensionaler, goldgefaßter Lapislazuli am kurzen, fleischigen Ringfinger, graue Haare, Beamtenschnitt, zwei Goldzähne, ein Hamstergesicht, schlechte Zähne, Mundgeruch, zwei kurze Stummelbeinchen und ein unästhetischer Schmerbauch. Katja fand ihn herzlich unsympathisch. Und ein übler Schwätzer und Wichtigtuer dazu . . . Mit wem man so im selben Boot zu sitzen kam! Wenn sie da an Buth dachte . . .

„Herzlichen Dank für Ihre Unterstützung", sagte Kuschka.

Der Ober kam. „Vier Bier, vier Korn!"

Lankenau hob sein Schnapsglas. „Auf Ihr Wohl — und auf Ihre Studie!"

Sie bedankten sich.

„Auf Ihren Wahlsieg!" sagte Kuschka höflich.

Sie kippten den Klaren und spülten mit Bier nach.

Lankenau wurde noch um einige Grade kumpelhafter. „Noch haben Sie die Schlacht nicht gewonnen — es gibt hier eine Handvoll Fanatiker in Bramme, die Ihnen ganz hübsch zusetzen werden. Die schrekken vor nichts zurück. Die stehen so weit rechts — rechts von denen gibt es nur noch die Wand. Also: Nerven behalten! Zusammen schaffen wir's schon." Er klopfte Kuschka auf die Schulter. „Nicht wahr, Herr Kutscher!"

58

„Kuschka."

„. . . Herr Kuschka, pardong . . . Mit Kossack, Buth und Trey haben wir ja erst mal einen sehr schönen Burgfrieden geschlossen. Die paar Irren hier werden sich auch noch beruhigen. Also . . ." Er stürzte den Rest seines Bieres hinunter. „Halten Sie die Ohren steif!" Er klopfte nach Studentenmanier auf den Tisch, drückte dem Ober ein paar Münzen in die Hand, murmelte etwas von einer Versammlung, die er leiten müsse, und rauschte hinaus.

Für die nächsten zwanzig Minuten hatten sie neuen Gesprächsstoff.

Katja bemühte sich feuilletonistisch. „Um mit unserem verehrten und jüngst verstorbenen Altbundespräsidenten zu sprechen: Lankenau *is heavy on wire.* Ein kleiner Wehner im Lübke-Pelz." Ihr Essen − sie hatte, wie sich herausstellte, wieder einmal Bauernfrühstück geordert − war zu fett; sie ließ die Hälfte stehen.

Frau Haas versuchte es literarisch. „Er erinnert mich irgendwie an den Bürgermeister Gareis in *Bauern, Bonzen und Bomben.*" Um ihren Worten Nachdruck zu verleihen, zog sie ein dickes Taschenbuch aus ihrem Lederbeutel und warf es auf den Tisch. „Irgendwie eine Falla-da-Figur."

Kuschka sah es fachspezifisch. „Männer wie Lankenau sind es, die unsere Parteien zusammenhalten. Sehen wir uns einmal die vier Grundfunktionen an, die ein soziales System bei Talcott Parsons erfüllen muß, wenn es Bestand haben will, und machen wir uns dann klar, welchen Beitrag Lankenau hier in Bramme zur Erfüllung dieser Grundfunktionen leistet. Nehmen wir zuerst . . ."

Katja schaltete ab; sie kannte Kuschkas Ansichten über *adaptation, goal-attainment, integration* und *pattern-maintenance.* Aber das war nicht der einzige Grund für ihre mangelnde Aufmerksamkeit. Schon als sich Lankenau an ihren Tisch gesetzt hatte, war ihr aufgefallen, daß sie beobachtet wurden.

Direkt vor der Toilettentür saß an einem winzigen Tisch ein einzelner Herr, der offenbar nichts weiter zu tun hatte, als zu ihnen herüberzustarren. Er sah gut aus, für Brammer Verhältnisse beinahe zu gut; er wirkte fast so auffallend wie ein Paradiesvogel in einer Spatzenschar. Ein Dressman-Typ; ein Mann, der für Whisky und farbige Unterwäsche Reklame macht − männlich und cool, scharfgeschnitten die Züge, bronzebraun das Gesicht, weizenblond die Haare; der nach Pfeifentabak und dessen − in diesem Fall taubenblauer − Anzug nach Pierre Cardin riecht. Was ihn aber interessant machte, war eben das, was nicht ins Klischee paßte: Er wirkte fürchterlich nervös. Er war allein und scheu und fürchtete sich offenbar in dieser Umgebung; er trank schon den dritten Korn innerhalb von zehn Minuten, obwohl er das Zeug anscheinend nicht mochte. Er versuchte mit dem Ober ins Gespräch zu kommen, wurde aber abgewiesen ... Sonderbar. So saß er wieder zusammengesunken vor seinem halbgefüllten Tulpenglas und starrte zu Katja hinüber.

Sie unterbrach Frau Haas und flüsterte: „Kennen Sie den Mann, der da hinten einsam und verlassen an der Toilettentür sitzt? "

„Warum? "

„Der guckt dauernd zu uns rüber ..."

Kuschka drehte sich um. „Das ist doch Lemmermann — Helmut Lemmermann. Der vom Sex-Shop."

„Was — Sie kennen den? "

„Ich bin vorhin vorbeigekommen. Seine Pornos sind Klasse."

Lemmermann schien zu spüren, daß von ihm die Rede war. Er stand auf, nahm sein Glas und kam zu ihnen herüber. Katja dachte, in einem Lokal wie dem *Wespennest* tut man das eigentlich nicht — und merkte, daß ihr ganz einfach nicht wohl bei der Sache war. Aber da hatte Lemmermann ihren Tisch schon erreicht.

„Ich darf mich doch zu Ihnen setzen? " fragte er mit heiserer, unsicherer Stimme.

„Aber gern", sagte Kuschka. „Ich habe Sie eben schon vorgestellt — und Sie werden auch wissen, wer wir sind."

„Ich kann's mir denken: die Soziologen."

„Erraten!" Kuschka rückte ihm einen Stuhl zurecht und stellte sich und die beiden Damen vor.

Lemmermann setzte sich. „Das ist nett von Ihnen ..."

Katja war verwirrt, und es rutschte ihr so raus: „Zu einem Mann wie Kolle sind wir natürlich kolle-gial."

Lemmermann sah sie melancholisch an. „Wenn Sie wüßten ..." Dann schüttelte er den dreien sein Herz aus. „Ich bin nun hier in Bramme geboren worden und aufgewachsen — und jetzt wollen sie mich rausekeln. Genau wie Sie! Da sitzen wir im gleichen Boot. Dabei mache ich hier mit dem Sex-Shop gute Umsätze, und Ihre Studie ist bestimmt auch ihr Geld wert. Aber einigen Damen und Herren paßt das alles nicht, und die schrecken vor nichts zurück. Mir werfen sie die Scheiben ein und zünden die Auslagen an, und über Sie verbreitet man Gerüchte ... Baader-Meinhof-Gruppe und so. Das ist alles ein und dasselbe —" ein Schluck aus dem Glas — „und darum müssen wir zusammenhalten!"

Kuschka war es recht, daß sich Lemmermann zu ihnen gesetzt hatte; er witterte einen neuen Zechgenossen. Und auch Frau Haas hatte nichts gegen diese Bekanntschaft einzuwenden, konnte man doch von Lemmermann interessante Informationen über das Brammer Intimleben erwarten. Nur Katja störte sich an seiner Anwesenheit.

Scheußlich, wie er sie dauernd musterte! Sie wußte gar nicht mehr,

60

wohin sie noch sehen sollte; jedesmal, wenn sie den Blick hob, trafen sich ihre Augen. Er beachtete jedes Wort, das sie sprach, jede Geste, jedes Lächeln; er schien sich für jeden Quadratzentimeter ihres Gesichts und ihrer Arme zu interessieren. Was will er von mir? Sind es erotische Motive? Sucht er Mädchen für Aktaufnahmen? Für Massage-Salons? Fürs eigene Bett? Will er in Bramme ein Bordell aufmachen?

Nach außen hin demonstrierte Lemmermann seine Freude darüber, daß er endlich Anschluß gefunden hatte. „Herr Ober, eine Runde Cognac für uns! Wir lassen uns nicht kleinkriegen, wir nicht . . . Die werden sich noch wundern!"

Der Cognac kam. Man stieß an aufs gemeinsame Durchhalten.

„Ich mache Ihnen einen Vorschlag", sagte Lemmermann. „Morgen abend sabotieren wir mal das *Wespennest* und . . ." Er machte eine kleine Pause, weil Buth und Trey an ihrem Tisch vorbeikamen und, ohne sie zu beachten, auf die Straße hinaustraten: „. . . und fahren alle vier nach Bremen. Ich hab da einige Jahre gewohnt, bevor ich nach Berlin gezogen bin; ich zeig Ihnen mal die Stadt — den Marktplatz, die Böttcherstraße, das Schnoorviertel und so . . . Ich hab morgen nachmittag 'ne Vertretung — um fünf bei mir am Wagen? "

Kuschka und Frau Haas stimmten zu; Katja wagte nicht, nein zu sagen. Lemmermann nickte befriedigt. Sie unterhielten sich noch ein Weilchen über die Emanzipation des Menschen, die mit der Sexwelle verbunden war, dann verabschiedete sich Lemmermann.

„Ich will mich heute nacht mal im Laden aufhalten, hinter dem Tresen versteckt, und sehen, wer mich da regelmäßig beglückt . . ." Er gab allen die Hand; bei Katja dauerte es Sekunden, ehe er wieder losließ.

Als er gegangen war, saßen sie noch ein paar Minuten schweigend herum. Sogar Frau Haas war zu müde, um noch Lust zu weiteren Diskussionen zu haben. Sie bezahlten und verließen das Restaurant. Es war kurz nach zehn. Kuschka fuhr Frau Haas in ihre Pension; Katja hatte ja nur ein paar Minuten zu laufen.

Die Straßen waren menschenleer; die Brammer liebten offenbar den frühen Schlaf. Von den zehn Laternen, die die Knochenhauergasse aufzuweisen hatte, waren drei ausgefallen — Rocker, Kinder, Altersschwäche. Von Südosten wälzte sich eine Gewitterfront heran; es grummelte schon, und hinter dem Brammer Meer zuckten die ersten Blitze auf. Als die erste Bö sie traf, ging Katja schneller. Sie hatte keine Lust, naß zu werden. Verdammtes Pflaster! Schon wieder war sie mit dem Knöchel umgeknickt. Ihr altes Dilemma. Ihre Großmutter hatte sie immer Katja Knickebein genannt. Aber zum Glück nichts verstaucht.

Ein wenig geduckt, gegen den Wind ankämpfend, passierte sie das

Lichthaus Bruns und Dopp, das Schuhgeschäft. Keine hundertfünfzig Meter bis zur Pension Meyerdierks. Sie war müde, sie sehnte sich nach ihrem Bett. Die Beklemmung war gewichen; jetzt lief ja alles, Buth und Trey hatten die Waffen gestreckt. Man würde ein paar Konzessionen machen, manches nicht so scharf formulieren, schön — warum auch nicht? Abends um halb elf war die Welt wieder in Ordnung.

Als sie am Mönchsgang vorbeikam, löste sich ein Mann aus einem Hauseingang und folgte ihr. Er pfiff leise vor sich hin. Sie vermied es, sich umzusehen, drehte den Kopf nur ein wenig nach hinten. Ein bulliger Kerl, soweit sie sehen konnte; blond, bäuerisch. Er kam immer näher. Manchmal sagte er etwas, was sie nicht verstand; es klang so nach *Puppe* und *Wie wär's denn?*

Auch das noch! Der tumbe Casanova von Bramme . . . Oder? Sie ging unwillkürlich noch schneller. Alle Fenster dunkel. Schreien? Was hilft hier schreien? Gott sei Dank — drüben im Hotel, in der *Stadtwaage*, war noch Betrieb.

Der Kerl hielt Abstand. Er pfiff nicht mehr. Er sagte nichts mehr. Kaum mehr als hundert Meter noch. Ehe sie den Schlüssel herausgesucht und aufgeschlossen hatte . . . Sollte sie Frau Meyerdierks herausklingeln? Oder schnell die Straßenseite wechseln? Die *Stadtwaage* . . .? Sie sah ihren Karman Ghia auf dem Parkplatz stehen. Sollte sie . . .? Nein; das war das Dümmste, was sie tun konnte.

Jetzt hatte sie die Praxis von Dr. Harjes erreicht. Das weiße Schild sagte stumm, *Mo, Di, Fr 10—12 Uhr, Mi n. Vereinbarung, 17—18 Uhr, außer Mi Sbd.* Gegenüber die Gaststube des Hotels — hell, gemütlich, sicher . . . Sie zögerte einen Augenblick, blieb beinahe stehen.

Der Mann hinter ihr brabbelte etwas vor sich hin, schwankte leicht, machte eine abrupte Wendung nach rechts und verschwand schließlich drüben im Hotel.

Katja atmete auf, grinste dann gequält. Die Nerven! Alles Einbildung. Aber . . . Von nichts ist nichts. Wo Rauch ist, da ist auch Feuer.

Leicht fröstelnd ging sie weiter. Banalitäten trösten auch nicht immer. Die ersten Regentropfen peitschten ihr ins Gesicht; gleich darauf goß es wie aus Kübeln. Auch das noch! Zum Glück nur noch ein paar Schritte bis zur Pension. Im Gehen zog sie ihre Umhängetasche nach vorn und suchte nach den Schlüsseln. *Bitte nicht verlieren, Fräulein Marciniak, sonst kostet's 10 Mark.* Verdammt, wo war das Scheißding denn? Sie blieb stehen, ihre Kleidung konnte kaum noch nasser werden. Die Laterne am Straßenrand kaputt, über dem Eingang zur Pension Meyerdierks eine Fünfzehn-Watt-Lampe. *Ich muß sparen, wo ich nur kann, Fräulein Marciniak.*

Hatte sie den Schlüssel im Auto liegenlassen, als sie mit Corzelius vom Baden gekommen war? Oder im *Wespennest*, als sie Frau Haas ihren Kamm geborgt hatte?

Frau Meyerdierks rausklingeln . . .? Lieber nicht.

Oben im Zimmer des großkotzigen Abteilungsleiters brannte noch Licht. Ein Steinchen . . .? Nein, der wurde nur wieder ein Opfer seiner Säfte: *Hoffentlich haben Sie nicht auch den Schlüssel zu Ihrem Keuschheitsgürtel verlegt . . .*

Zwei Wagen rasten vorüber.

Da war er! Im Brillenfutteral. Dafür steckte die Sonnenbrille ungeschützt in der Seitentasche. Na also!

Sie blickte hoch, um nicht über die Stufen zu stolpern, die zur Pension hinaufführten. Frau Meyerdierks ausgetretene Freitreppe.

Nanu . . .!? Von der Brammermoorer Heerstraße schoß ein kompakter Wagen heran. Ohne Licht auch noch, der Idiot. Sicher zwei Promille. Na, ihr konnte es im Augenblick egal sein, sie . . .

Der Wagen machte einen Schlenker.

Mein Gott!

Das war Absicht.

Der will mich zerquetschen.

Mit der Stoßstange die Beine ab . . . Wie mit einem Messer.

Es gibt hier eine Handvoll Fanatiker in Bramme, die Ihnen noch ganz hübsch . . . Die schrecken vor nichts zurück . . .

Soziologin, Kommunistin, Anarchistin.

Sie wollte springen, die Stufen hinauf hasten. Sie rutschte aus und stürzte . . . *Fahr überall hin, aber nicht nach Bramme . . .* Aus!

Der Wagen zischte vorüber, Wassertröpfchen schlugen ihr wie kleine Kiesel ins Gesicht.

Sie rappelte sich hoch.

Ein kurzes Hupen.

Ein höhnisches Hupen. Also kein Betrunkener. Ein Mordanschlag. Oder ein Bluff. Ein Versuch, sie aus Bramme zu vertreiben.

Nerven behalten!

Wie stark die sich fühlten. Die. DIE. Wer sind sie. Verdammt noch mal?

Der Wagen war längst auf dem Marktplatz verschwunden.

Sollte sie die Polizei alarmieren? Sich lächerlich machen? *Verfolgungswahn, was? Wie sah denn der Wagen aus?* Ja, wie sah er aus? Ein Ford, ein Opel, ein Simca, ein Peugeot? Sie hatte es nicht erkannt; nicht mal die Farbe wußte sie. *Zeugen?* Nein. *Spuren?* Nein. Sie hatte sich nicht mal Knie oder Hände zerschrammt. *Sie wollen sich wohl interessant machen hier, was? Wir sind doch nicht in Chicago hier — wir sind in Bramme!* Eben. In Bramme steckt man keiner Frau Krebsfleisch in die Tasche, um sie des Ladendiebstahls zu überführen, und in Bramme benutzt man sein Auto zum Fahren und nicht als Mordinstrument. *Kein Mensch will Sie aus Bramme vertreiben!* Am besten, sie sprach morgen mit Corzelius darüber . . .

Sie zitterte noch immer am ganzen Körper. Endlich schloß sie auf und ging in ihr Zimmer. Ihr Magen revoltierte. Das fette Bauernfrühstück . . . Sie lief zur Toilette und übergab sich.

Wieder im Zimmer schluckte sie eine lindgrüne Tablette. Librium Tabs. Gegen innere Unruhe- und Spannungszustände, verschreibungspflichtig. Die hatte sie sich vor der großen Statistikklausur geben lassen.

Sie stellte ihr Radio an. Ein Jazzkonzert, Duke Ellington vielleicht. Das ging ihr auf die Nerven. Ein schneller Druck auf die AUS-Taste. Aah! Auf dem Fensterbrett stand eine Flasche Bier. Lauwarm das Zeug, aber ein zusätzliches Schlafmittel. Sie trank die eine Hälfte, die andere Hälfte schüttete sie ins Waschbecken. Stank wie in 'ner Kneipe.

Um alles in der Welt: Jetzt mit jemand sprechen! Aber mit wem? Kein Telefon im Zimmer. Kuschka soff irgendwo, Frau Haas schlief schon, Biebusch hockte in Bremen und tratschte mit Kollegen, Corzelius fuhr im Streifenwagen durch die Gegend, Lemmermann saß in seinem Laden und . . . Lemmermann? Ob sie nicht . . .? Nein. Wie der sie angestarrt hatte . . .

Zum Kotzen, dieses Alleinsein!

Sie wusch sich, legte sich ins Bett.

Dieses verdammte Zimmer — heiß wie eine Sauna. Draußen tobte das Gewitter los, da ließ sich das Fenster nicht öffnen. Und auch sonst hätte sie's geschlossen gelassen. Sie sprang auf und sah nach, ob der Schlüssel in der Tür steckte, ob sie auch abgeschlossen hatte. Ja. Sie drehte den Schlüssel so, daß man ihn von außen nicht herausstoßen konnte. Dann machte sie den Kleiderschrank auf, sah hinein, wollte sich bücken, um unters Bett zu schauen, kam sich aber sofort lächerlich vor und stieß nur einen am Boden abgestellten leeren Joghurtbecher darunter. Nichts.

Irgendwo schlug es ein. Sie zuckte zusammen, fror plötzlich.

Die alte braune Tapete . . . Auffallend die senkrechten Erhebungen. Eine Tür . . .? Sie klopfte die Wände ab. Nichts. Sie schaltete den Radioapparat wieder ein. Nur atmosphärische Störungen. Sie zog sich ins Bett zurück und knipste die Nachttischlampe aus. Ich bin doch kein Kind mehr!

Blitze erhellten den Raum, warfen bizarre Schatten. Über ihr schlurfende Schritte. Die Haustür wurde zugeschlagen. Ein Feuerwehrzug polterte die Straße entlang. Die Scheiben klirrten. Wär ich doch bloß in Berlin geblieben!

Sie zählte bis fünfzig, dann wieder rückwärts bis null, blieb bei 29 stecken. Sie versuchte, sich etwas Schönes vorzustellen: mit Corzelius

64

am Brammer Meer, mit einem eleganten Mann in einer Kudamm-Bar
— mal war es Buth, mal war es Lemmermann. Komisch! Klick, andere
Bilder: Biebusch hielt ihre Diplomarbeit in der Hand und sagte: *Ich
kann nicht anders — magna cum laude.* Die Großmutter schenkte ihr
das Auto: *Fahr damit ins Glück* ... Hatte sie nie gesagt, natürlich.
Schwulst hatte ihr nie gelegen. Klick. Der Abend an der Havel, an dem
sie ...

Die Tablette und das Bier ließen sie schläfrig werden, die Beklemmung, die Angst hielten sie wach. Noch zwanzig Zentimeter, und ich
läge jetzt in so einem komischen Sarg, wie sie immer in den Fernseh-
krimis ... Diese flachen Dinger. Sind sie aus Blech? Aus Plastik?

Sie knipste das Licht wieder an, riß sich das Nachthemd herunter,
wusch sich noch einmal, aß einen Apfel, zog sich frische Sachen an,
streifte sie wieder ab, warf sich nackt aufs Bett.

Kein Schlaf, und morgen schwer arbeiten. Die ersten Interviews.
Bramme und Marciniak, das geht nicht ... Die Großmutter.
Nerven behalten! Lankenau.
Wie ich überhaupt gegen jeden Druck bin ... Kossack.
Da sitzen wir im gleichen Boot ... Lemmermann.
Das kann ja noch allerhand Zirkus hier geben ... Corzelius.
*Ein Mann. Seinen Namen hat er nicht genannt. Er wollte nur wis-
sen, wann Sie hier ankommen* ... Frau Meyerdierks.
Wer da auf die Steinplatte tritt, der wird vom Unglück verfolgt ...
Der Zeitungshändler.
Geht's dir gut, liegt's an Buth ... Günther Buth.
Freut mich, angenehm ... Dr. Trey.
*Das ist ja ein wahres Kesseltreiben, das man da gegen uns eröff-
net* ... Biebusch.
Die Stimmen ließen sich nicht verjagen; die Bilder, die dazugehör-
ten, ebensowenig. Gesichter tanzten vor Kulissen, die ineinander über-
gingen.

Ihr Schlaf war flach und quälend, wie eine genau dosierte Narkose:
zu wenig, um endgültig wegzutreten, zu viel, um wach zu bleiben.
Vom Turm der nahen Matthäikirche schlug es zwei, schlug es drei.
Fast schon dämmerte es. Neben ihr spielte das Kofferradio mit
schwächer werdender Batterie. Eine Stimme hallte wie aus fremden
Sternenhaufen ... *Nur die Liebe läßt uns leben ... leben ...
leben* ... Leben, ja. Leben. *Es fährt ein Zug nach nirgendwo ... nirgendwo ... nirgendwo* ...

Die Träume jagten sich. Die meisten waren sanft und vergingen wie
Ringe aus Rauch.

Einer blieb.

Sie stand in einem Keller. Die Kleidung zerrissen. Kein Fenster, nur

65

eine Tür. Salpeter an den Wänden, Wassertropfen an der Decke. Auf dem Boden zwei große Gasflaschen. Zwei Schläuche. Ein Mann mit einer Maske vorm Gesicht hielt einen Schneidbrenner in der Hand. Eine scharfe Flamme zischte hervor. Der Mann kam auf sie zu. Langsam, schwebend wie ein Raumfahrer, zentimeterweise. Sie wollte sich bewegen, wollte fliehen, doch sie war zur Salzsäule erstarrt; ihre Glieder gehorchten nicht. Nicht einmal ein Schrei. Da war die Flamme. Der Mann zielte auf ihren Schoß . . . *Jetzt!*

Sie fuhr hoch, ihr Entsetzen entlud sich in einem gurgelnden Aufschrei. Zitternd, schweißgebadet suchte sie nach dem Schalter der Nachttischlampe. Er war weg . . . Nein, da war er.

Licht! Endlich Helligkeit. Sie sprang aus dem Bett, lief im Zimmer auf und ab, tat Sinnloses: wühlte in ihren Büchern, schloß die Schränke auf und zu, hing ihre Bluse auf einen Bügel, obwohl sie zur Reinigung sollte, schaltete den Durchlauferhitzer an und wieder aus, angelte einen Kronkorken unter dem Bett hervor. Schließlich drehte sie den kalten Hahn auf und hielt die Stirn unter den Strahl. Dann setzte sie die Cointreau-Flasche an den Mund, trank, verschluckte sich, hustete, warf sich wieder aufs Bett.

Alkohol auf Beruhigungstabletten. Bald war sie betäubt. Das grausame Bild verblaßte.

Ein neuer Traum.

Sie stieg in eine U-Bahn. Wohl irgendwo in Berlin. Ein Umsteigebahnhof. Der Zug fuhr an. Glitt durch den Tunnel, kam zwischendurch ans Licht, hielt aber nirgends. Die Fahrgäste zeigten kein Interesse daran, sie auch nicht. Stationsschilder huschten vorüber, aber sie vermochte die Namen nicht zu lesen. Komisch. Wo war sie? Es wurde beängstigend. Es kamen bizarre Bahnhöfe, Tropfsteinhöhlen, Bergwerke, gläserne Kugeln unter Wasser mit glotzenden Fischen, ein militärischer Kommandostand, eine unterirdische Munitionsfabrik. Plötzlich schoß der Zug ins helle Licht. Sie fuhren durch eine Landschaft voller Birken und Wiesen. Vor ihnen eine Stadt. Bramme! Der Zug rollte gemächlich durch das Moor, war mit einemmal ein alter Bummelzug. Eine schöne Fahrt. Sie sah sich um im Abteil. Da war er wieder, der Mann mit der Maske. Sie wollte nicht nach Bramme, sie griff nach der Notbremse, die riesengroß über ihr schwebte, bekam sie zu packen, zog . . . Eine Detonation. Etwas klirrte . . .

Katja schnellte hoch. Traum? Wirklichkeit? Ein Motor heulte auf. Ein realer Motor.

Der Wind blähte die Vorhänge. Nanu — das Fenster war doch . . . Was ist geschehen?

Ein Einbrecher . . .? Mein Gott, wenn . . .

Ein Knacken. Die Wechselsprechanlage: „Ist Ihnen was passiert,

Fräulein Marciniak? " Frau Meyerdierks.

„Was ist denn . . .? "

„Da hat einer mit 'nem Stein Ihre Scheibe eingeworfen — ich seh's vom Erker aus. Ich war gerade . . . Ich komm gleich mal runter . . . Ich muß die Polizei . . ." Knacken. Ende.

Katja ging zum Vorhang, faßte ihn vorsichtig an, duckte sich unwillkürlich. Wenn nun draußen . . . Wenn einer mit einer Pistole . . . Dann riß sie den senffarbenen, schmierigen Stoff mit einem energischen Ruck zur Seite. Diese feigen Schweine!

Nun gerade!

Natürlich fiel kein Schuß. Die Knochenhauergasse lag leer.

Alles nur Bluff!

Doch ihre Stimmung kippte sofort wieder um, als sie an den Mann mit dem Schneidbrenner dachte. Gräßlich! Sie hatte keine Ahnung von Parapsychologie, hielt nichts vom Übersinnlichen, aber . . . Nur ein Traum? Oder vielleicht doch eine Warnung . . .?

Sprüche schossen ihr durch den Kopf. *Keiner entgeht seinem Schicksal . . .*

Der Mensch denkt, Gott lenkt . . .

Du kannst dich drehn und winden, der Arsch bleibt immer hinten . . . Das war der Lieblingsspruch der Großmutter gewesen. Die Großmutter. Die hatte sie vor Bramme gewarnt.

Katja war müde und zerschlagen. Apathisch zog sie sich an. Gleichgültig starrte sie auf das gezackte Loch in der Scheibe.

Der Streifenwagen kam, die Polizisten besahen sich das Fenster, hoben den Stein auf. Grau war er, drei Kilo vielleicht.

„Etwas leichter als eine Frauenkugel", sagte Corzelius. „Eine Olympiasiegerin kommt über zwanzig Meter damit. Wenn man sie an den Kopf . . . Aber hier haben ja Scheibe, Gardine und Vorhang gebremst."

Katja verstand nicht, wie Corzelius so schnell in die Knochenhauergasse gekommen war. Hatte er vielleicht . . .? Quatsch. Er wollte ja die ganze Nacht mit Otto-Anton 17 umherfahren und eine Reportage für die Wochenendausgabe . . . Sie riß sich zusammen:

„Na bitte, der Stein ist ja wirklich ein gefundenes Fressen für Sie."

„Tja, man kann sich schon die Zähne daran ausbeißen."

Corzelius blödelte.

Die beiden Polizisten schrieben ihr Protokoll.

Frau Meyerdierks jammerte, schimpfte, stöhnte.

Katja gab sich desinteressiert.

Die Beamten zogen ab, Corzelius folgte ihnen, Frau Meyerdierks lud Katja zu einer Tasse Kaffee ein.

„Nett weer dat ja nich . . ."

Ihr Mitleid war so groß, daß sie Katja und sich einen doppelten Korn spendierte.

„Wenn mien Fööt ok al freren mööt —" sie deutete auf ihre nackten Füße, die in Sandalen steckten — „so bruukt de Hals doch nich dösten, sä de Süper."

Es wurde sechs Uhr, die ersten Gäste wuschen sich schon, und sie saßen noch immer am Kaffeetisch. Frau Meyerdierks war verständnisvoll und mütterlich, fühlte sich in Anbetracht des Überfalls auf ihren Bruder doppelt getroffen und entschuldigte sich vielmals dafür, daß Katja ausgerechnet in ihrer gutbürgerlichen Pension so was zustoßen mußte.

„Vielleicht wollte man *mich* damit treffen", sagte sie, „wo doch schon mein Bruder . . . Die denken alle, Sie . . . Aber . . ."

Sie konnte nicht ausreden, weil das Telefon schrillte. Sie ging auf die Diele, nahm den Hörer hoch, meldete sich und lauschte. „Für Sie, Fräulein Marciniak. Ein Herr."

Nanu? Kuschka, Corzelius, Lemmermann, Biebusch . . .? Um diese Zeit? Sie ging zu Frau Meyerdierks hinaus und ließ sich den Hörer geben.

Eine männliche Stimme; dumpf, verzerrt. Offensichtlich ein Tonband, mit 9,5 aufgenommen und mit 4,75 abgespielt. Oder die Geschwindigkeit schwankte, wurde beim Abspielen mit dem Finger gebremst. Es klang schaurig. Sie verstand nicht alles, reimte sich aber das meiste zusammen.

. . .letzte Warnung . . . verschwinden Sie aus Bramme! . . . keine rote Hure hier . . . wir brauchen keine Anarch . . . Nur wenn . . . diesmal . . . nur . . . Stein, beim nächstenmal eine Kugel . . . spaßen nicht . . . Frist bis . . .

Aufgelegt!

7

Neun Uhr. Für Bramme war es ein Morgen, der keine Chance hatte, in die Annalen der Stadt einzugehen. Ein Morgen wie jeder andere. Auf dem Marktplatz hatten die Händler ihre Stände aufgeschlagen, durch die Brammermoorer Heerstraße zuckelten die Straßenbahnen, in der Galerie Bouché sahen fünfzehn Primaner Porträts, Selbstbildnisse und Stilleben von Paula Modersohn-Becker (1876—1907), im Albert-Schweitzer-Gymnasium fiel in der 12a wieder mal der Chemie-Unterricht aus, im Rathaus empfing Bürgermeister Lankenau eine Jugendgruppe aus Clermont-Ferrand (Hauptstadt des Départments Puy-de-

Dôme), im *Wespennest* trafen sich die norddeutschen Vertreter der NEDO-Kosmetik, der Bootsverleiher auf der Schloßinsel brachte das erste Ruderboot an den Mann, auf dem Matthäi-Kirchhof wurde die Rentnerin Anna Rethpohl beigesetzt (*Unsere liebe Urgroßmutter, Großmutter, Tante und Großtante ist im gesegneten Alter von fast 91 Jahren . . .*), auf dem Gelände der BUTH KG besichtigten Leute mit 25 000 Mark Startkapital das Musterhaus B 2001 (WOHNE GUT MIT BUTH!), im Sex-Shop von Helmut Lemmermann verlangte der fünfzigjährige Architekt Werner Falldorf (BDA) EREKTA-Fix (schnellwirkend, für sexualmüde Männer), auf dem Bahnhof hatte der E 1904 nach Bremen (planmäßige Abfahrt 9.03) fünf Minuten Verspätung, in der Bank, im Lichthaus Bruns, im Schuhhaus Dopp, in der Zoohandlung Wachmann und im *Café Klauer* (italienisches Eis) erschienen die ersten Kunden, und am Wallgraben bestaunten Mütter und Kinder das stete Wachsen junger Enten.

Nur für Katja Marciniak, 22, Studentin der Soziologie, war es kein Morgen wie jeder andere.

Unausgeschlafen, überdreht vom vielen Kaffee und überempfindlich gegenüber Geräuschen und Farben saß sie Kommissar Kämena gegenüber, der sie hochfahrend und spöttisch behandelte und ihren Zustand offenbar auf Hasch oder LSD zurückführte.

,,Das sieht mir ein bißchen nach Verfolgungswahn aus", sagte er, als sie geendet hatte. ,,Erst der angebliche Ladendiebstahl, dann der . . . hm . . . Mordversuch mit dem Wagen, und zu guter Letzt der Stein ins Pensionszimmer . . ." Er ging noch einmal seine Notizen durch.

Kriminalmeister Stoffregen schaute herein: ,,Wurthmann hat heute Geburtstag; kommen Sie mit, ein Glas Sekt trinken? "

Kämena ärgerte sich. ,,Ich kann doch mit meiner Galle keinen Sekt . . .!"

,,Ach so, ja." Stoffregen grinste und verschwand.

Kämena versicherte Katja, sein Bestes tun zu wollen, um die Zwischenfälle aufzuklären. Sollte sich aber herausstellen, daß . . . Dann . . . Er habe kein Verständnis für Leute, die sich auf diese Art und Weise interessant machen wollten, denn . . . Ein Leibwächter komme gar nicht in Frage. ,,Dieser Anruf ist doch nur ein schlechter Scherz!"

Spinner, dachte Katja. Aber sie bedankte sich bei ihm für sein Verständnis und seine Hilfsbereitschaft und bat darum, das Telefon benutzen zu dürfen — dienstlich sozusagen, für die Untersuchung, die sie in Bramme durchzuführen hatten.

,,Ja, wenn's sein muß — aber bitte im Nebenzimmer."

Auf Katjas Liste standen fünf Namen:

- Otto Piaskowski, Sprecher der Heimatvertriebenen
- Bernharda Behrens, Leiterin der Volkshochschule Bramme
- Jens-Uwe Wätjen, 2. Vorsitzender des TSV Bramme
- Enno Doehrenkamp, Amtsrat, Verwaltungsleiter des Kreiskrankenhauses Bramme
- Dr. Hinrich Achtermann, Vorsitzender des Heimatkundlichen Vereins

Alles Personen, von denen man relevante Informationen erhoffen konnte und die es in einem ersten Kontaktgespräch für die Studie zu gewinnen galt . . . Sie fing von oben an und hatte Pech.

Piaskowski war nach Bonn gefahren, wie seine Frau berichtete, und bei Bernharda Behrens meldete sich überhaupt niemand, weder in der Volkshochschule noch zu Hause. Katja war leicht frustriert. Das einzige, was heute klappte, war die Tür zu Kämenas Dienstzimmer. Sie probierte es mit der Geschäftsstelle des mehr oder minder ruhmreichen TSV Bramme. Und siehe da, man war zugegen: frisch, fromm, fröhlich, frei.

„Turn- und Sportverein Bramme!" schallte es ihr entgegen. „Wätjen."

Katja sagte ihr Verschen auf. „Guten Tag, Herr Wätjen. Mein Name ist Katja Marciniak; ich rufe an im Auftrag der stadtsoziologischen Forschungsgruppe von Professor Biebusch . . ." Atemholen. „Sie werden sicherlich gehört haben, daß wir in Bramme eine Untersuchung durchführen, und . . ."

„Ja, ja, kommen Sie nur; wir haben nichts zu verbergen."

„Ich wollte mir mal die Vereinszeitungen nach 1945 ansehen und mir aus Ihrer Mitgliederkartei ein paar Namen für Intensivinterviews heraussuchen."

„Gern. Wir haben nichts zu verbergen — wir sind ja kein Bundesligaverein, ha ha . . . Wissen Sie, wo wir sitzen? "

„Im Stadion? "

„So ist es! Ich hab heute nachmittag Dienst; ich bin beim Werkschutz der BUTH KG . . . Ich bin bis zwölf da."

„Herzlichen Dank. Ich bin gleich bei Ihnen."

Katja legte auf. Mal Glück gehabt. Jetzt war's halb zehn — da konnte sie um elf beim TSV fertig sein und um halb zwölf im Pensionsbett liegen. Am Abend, nach Ladenschluß, wollten sie ja mit Lemmermann nach Bremen fahren; wenn er eine Vertretung bekam, auch schon früher. Halb zwölf — Zeit genug, den entgangenen Schlaf nachzuholen.

Sie bedankte sich bei Kämenas Sekretärin für die gütige Erlaubnis, unentgeltlich telefonieren zu dürfen, fuhr mit dem Paternoster hinunter und stieg in den Karmann Ghia — ganz Mannequin, ganz verworfenes Dreihundert-Mark-Girl. Die hungrigen Blicke der Brammer Biedermänner waren erfrischend wie ein Bad in der Brandung.

Auch eine Möglichkeit der Katharsis.

Eine kurze Zeit am Wall entlang, dann hundert Meter über die Bürgermeister-Büssenschütt-Brücke hinweg, und schon tauchte linker Hand hinter der Bramme das städtische Stadion auf. Vier Flutlichtmasten und eine überdachte Tribüne. Wenn sie sich recht erinnerte, hatte Corzelius gestern etwas von den glorreichen Regionalliga-Zeiten der Brammer Fußballer erzählt. Vielleicht gab es auch einen speziellen TSV-Schrei: Bramme, Bramme, Bramme — vor wie eine Ramme . . . Corzelius. Heute früh hatte sie gar nicht so richtig . . .

Meine Flamme stammt aus Bramme.

Sie hielt auf dem verwaisten Parkplatz vor den hölzernen Kassenhäuschen. Sie hatte eine weitaus bessere Laune, als sie nach den Ereignissen der vergangenen Nacht eigentlich hätte haben dürfen. Das war aber irgendwie bedenklich. Euphorie ist der Vorbote allen Übels, pflegte ihre Großmutter zu sagen. Die mußte es ja wissen . . . Gewußt haben.

Schlaff hing die Fahne des TSV herab. Weit und breit kein Mensch, wenn sie einmal von dem blonden Athleten absah, der seinen Speer an die fünfzig Meter durch die Lüfte segeln ließ. Rote Hose, weißes Hemd mit einem großen TSV drauf — offenbar Brammes Altmeister, denn für ganz neu ging er auch nicht mehr weg. So Anfang Vierzig bestimmt.

Er kam auf sie zu, den Speer senkrecht in der linken Hand, lächelte leicht linkisch und stellte sich vor.

„Wätjen . . . Jens-Uwe Wätjen. Zweiter Vorsitzender des Turn- und Sportvereins Bramme . . ."

„. . . 1895 e. V.", fügte Katja hinzu und drückte ihm die Hand.

Was für eine Pranke! Was für Augen! Wie der Himmel über Korsika. Er schielte etwas, genau wie . . . wie Clarence, ja! Clarence der Fernsehlöwe. Und er hatte auch etwas Löwenhaftes an sich. Vielleicht ein Löwe, der Ackerbau und Viehzucht betrieb, aber trotzdem . . . Und wie schüchtern er war — direkt niedlich! Er wagte nicht mal, ihr in die Augen zu sehen. Puterrot war er geworden: Schweiß perlte ihm von der Stirn. Ach Gott!

„Darf ich . . . Wollen wir . . . das Geschäftszimmer . . ."

Wie er sich verhaspelt! „Was immer Sie vorschlagen, Herr Wätjen."

Wätjen zeigte auf die Tribüne. „Da hinten in der Tribüne drin . . . Das Geschäftszimmer. Ich zeig Ihnen alles . . ."

„Das ist ganz lieb von Ihnen, Herr Wätjen . . ."

Katja ging auf die Tür an der rechten Tribünenseite zu, über der ein schreibtischgroßes weißes Schild mit der Aufschrift TSV BRAMME — *Geschäftsstelle* hing. Sah ziemlich neu aus. Wätjen folgte ihr, anderthalb Meter seitlich versetzt. Jetzt hielt er den Speer in der rechten Hand.

Ein paar Spatzen flogen herbei. Die Sonne brannte vom wolkenlosen Himmel. Auf einem der Nebenplätze, durch die wallartigen Ränge verdeckt, spielten Schüler Fußball: sie hörten den dumpfen Bumms, wenn sie die Bälle schlugen, und die Trillerpfeife des Lehrers . . . Sie drehte sich um.

Wätjen lächelte ihr zu. „Hier lang . . .“

Sie stiegen eine Treppe hinauf, liefen durch endlose katakombenähnliche Gänge. Weiß gekalkte Wände, Rohre unter den Decken, Umkleidekabinen, Geräteräume, Toiletten. Ihre Schritte hallten dumpf. Irgendwo schlug ein Fenster zu. Überall nur funzelige Lampen, die Luft war voller Staub und reichlich abgestanden.

Immer noch kein Geschäftszimmer. Gingen sie im Kreis herum? Aber Wätjen mußte doch wissen, wo . . . Er roch nach Schweiß wie eine ganze Fußballmannschaft. Die Stahlspitze des Speers schurrte über den Zementboden.

Plötzlich schlug ihr das Herz bis zum Hals hinauf. Angst überfiel sie von einer Sekunde zur andern. Wenn nun . . . Mein Gott . . . Dieses Labyrinth — keiner würde . . . Nur raus hier!

Sie blieb stehen, lehnte sich gegen die rissige Wand, wollte Wätjen vorbeilassen.

„Unheimlich hier, was? “ Wätjen grinste. „Meine Tochter kommt auch nicht gern her.“

„Ja . . .“ würgte Katja hervor und fing sich wieder, als sie das Wort ‚Tochter‘ hörte, als könnte der Vater einer Tochter nicht auch . . . Quatsch! „Ich kenn das“, sagte sie schnell. „Ein Freund von mir spielt in Berlin bei Tennis Borussia . . .“

„Dat haar mi segt warn mußt!“

„Wie bitte? “

„Das hätten Sie mir gleich sagen sollen — so ’ne Fußballerbraut muß man doch ganz anders behandeln!“

„Braut nicht gerade . . .“

„Na, na!“

Diese Wendung des Gesprächs behagte ihr gar nicht. Sie wurde resolut: „Wo ist denn nun das Geschäftszimmer? “

„Gleich um die Ecke . . .“

. . . *um die Ecke bringen.* Sie schwitzte. Verdammte Assoziationen! Wätjen stieß eine grüngestrichene Holztür auf und knipste eine Neonröhre an. „Hier . . . Bitte!“

Ein fensterloser, gewaltig hoher Büroraum. Ein Schreibtisch, ein altmodisch-schwarzes Telefon, ein paar Rolladenschränke; Regale mit Vereinszeitungen, weiß-roten Fahnen, eine gläserne Vitrine mit silbernen Pokalen und bronzenen Figuren; an den freien Flächen Plakate und Wimpel.

Wätjen schloß den Schreibtisch auf und holte einen Karteikasten hervor. „Unsere Mitglieder — hier, bitte."

„Sehr nett . . . Wie viele sind es denn? "

Wätjen dachte einen Augenblick nach. „482 — Stand 1. Juli 1972. Wir haben ja acht Abteilungen: Fußball, Handball, Tischtennis, Basketball, Boxen, Kegeln, Leichtathletik und Kunstturnen." Es klang stolz. „Hier, alphabetisch geordnet — ein bunter Reiter für jede Abteilung. Blau für . . ."

Katja rechnete. Sie sollte etwa zwanzig Mitglieder für Intensivinterviews über das Vereinsleben auswählen, per Zufall natürlich, also mußte sie jeden 25. herauspicken.

„Sagen Sie mir mal eine Zahl zwischen eins und fünfundzwanzig", bat sie Wätjen.

„Eine Zahl zwischen . . .? " Er begriff nicht. Wie sollte er auch? Es war zuviel verlangt. Sie erklärte ihm, warum er es tun sollte. „Vier", sagte er. „Viel Spaß; ich geh mich mal umziehen."

Er ließ die Tür hinter sich ins Schloß fallen. Katja atmete auf. Sie hörte Biebuschs Stimme: *Worum geht es uns beim TSV Bramme? Erstens um die Entstehungsgeschichte des Vereins, zweitens um sein Rekrutierungsfeld, drittens um die Teilnahme der Bevölkerung am Vereinsleben, viertens um die integrierende Funktion des Vereins, fünftens um den Verein als Übungsfeld für sozial-aktive Persönlichkeiten . . .*

Das Telefon schrillte.

„Herr Wätjen!" schrie sie.

Wätjen meldete sich nicht.

Komisch . . . Sie nahm den Hörer ab. „Ja, bitte . . ."

Nichts. Nur ein Rauschen; aber aufgelegt hatte der Teilnehmer am anderen Ende der Leitung noch nicht, sie hörte ihn atmen.

„Hallo? Hier ist der TSV Bramme . . . Mit wem spreche ich? "

Aufgelegt!

Kopfschüttelnd begann sie, die Namen aus der Kartei zu schreiben.

4: Frauke Ahrbecker, Ammerländer Straße 4

29: Annerose Badenhoop, Twistringer Straße 48 a

54: Hein-Dirk Deterding, Hinrich-Kopf-Allee 124

Sie schrieb immer schneller; es war unheimlich hier . . . Eine Falle? Fast glitt ihr der Kugelschreiber aus der verschwitzten Hand. Idiotisch von ihr, allein hierherzukommen!

79: Karl-Heinz Eilts, Brammermoorer Heerstraße 74 — nein, 47 . . .

Es ging nicht mehr; sie verschrieb sich andauernd. Es flimmerte ihr vor den Augen. 79 plus 5 . . . 114. Nein . . . Doch . . . Quatsch — 104 . . . Sie addierte es auf einem Zeitungsrand: 104.

Sie konnte nicht mehr. Sollte Kuschka das machen. Nur raus hier! Die Wände stürzten auf sie zu . . . Sie hastete zur Tür, riß sie auf, rannte auf den Gang hinaus. Wenn sie nun Wätjen . . . Wie sollte sie ihm das erklären? Und Biebusch erst?

Sie hetzte durch das Labyrinth, erwischte eine Tür, die verriegelt war, hörte von irgendwo her eine scharfe Stimme:

,,Halt!''

Weiter, nur weiter! Mein Gott, wo ist denn hier der Ausgang? Warum hab ich mich bloß auf diesen Scheißdreck hier eingelassen?

Der Geräteraum; da waren sie vorhin vorbeigekommen . . .

Sie wußte nicht mehr, wie sie ihren Wagen erreicht hatte. Sie raste in die Stadt hinein, wo Menschen waren, kam erst wieder zu sich, als sie das backsteinrote Postamt vor sich hatte. Sie entdeckte einen freien Parkplatz, hielt, stieg aus, schloß den Wagen ab, steckte zwei Groschen in die Parkuhr, lief zum Bahnhof hinüber, setzte sich in den Wartesaal, bestellte sich einen doppelten Cognac, stürzte ihn hinunter, bestellte eine Sinalco, trank und schluckte eine Beruhigungstablette. Zum Arzt? Der konnte auch nicht mehr tun; das mußte sie selber schaffen.

Langsam ebbte ihre Erregung ab. So was Blödes. Ich mach mich doch bloß selber verrückt.

Aber das war wohl eingeplant . . .

Biebusch würde Krach machen, weil sie einfach weggelaufen war. Der Armleuchter. Sollte er doch selber hingehen!

Und die Diplomarbeit . . .?

Man kann auch ohne Diplom leben. Bloß schlechter . . . Quatsch. So wie du aussiehst, du kriegst doch jeden Mann . . . Sie strich ihr schulterlanges Haar zurück, sah auf ihre Hüften, ihre Knie. Ja, von einer Abhängigkeit in die andere . . .

Also: bei Wätjen war ihr plötzlich schlecht geworden — Klaustrophobie, sie hatte ins Freie laufen müssen. Vielleicht konnte sie wieder etwas Terrain gewinnen, wenn sie bei dieser Bernharda Behrens anrief und sie zur Mitarbeit überredete. Es war die einzige Frau auf ihrer Liste.

Sie zahlte, ging in eine der Telefonzellen vor dem Bahnhofsgebäude, wählte die Nummer der Volkshochschule Bramme und verlangte Frau Behrens.

,,Ich verbinde . . .'' Ein Knacken; mehrere Sekunden vergingen.

,,Behrens . . .? ''

,,Ich rufe an im Auftrag der Forschungsgruppe Stadtsoziologie von

Professor Biebusch. Wir führen hier eine stadtsoziologische Forschung durch. Und da Sie als eine der . . ."

„Wie heißen Sie denn? " bellte es zurück.

„Katja Marciniak, Pardon!"

„Von *Pardon* sind Sie? Ich denke . . ."

„Nein, ich . . . Ich wollte mich entschuldigen, weil ich vergessen hatte, meinen Namen . . ."

„Wie heißen Sie denn? "

„Katja Marciniak."

Pause. Stille.

„Hallo? "

Ein Räuspern. „Ihre Mutter hieß auch Marciniak? "

„Ja."

„Geboren am, warten Sie . . . Im Februar 1930. Am . . . am . . . 3. Februar 1930? "

„Ja . . ." Katja kämpfte mit einem Schwindelgefühl.

„In Thorn? "

„In Thorn, ja . . ."

„Mensch, so was — Mariannes Tochter! Hör mal, wir müssen uns unbedingt sehen, solange du noch in Bramme bist. Was machst du eigentlich hier . . .? Die Untersuchung, ach ja!"

„Ich wollte gerade . . ."

„Natürlich, Kindchen! Weißt du, wo die VauHa ist? "

„In der Färbergasse hinten? "

„Ganz recht. Ich warte auf dich . . . Mein Gott — Mariannes Tochter! Da bin ich aber gespannt."

„Kannten Sie denn meine Mutter? "

„Und ob ich sie gekannt habe: meine beste Freundin . . . Bis gleich also!"

„Ja . . ."

Katja verließ die Zelle, schloß die Augen, um das immer wiederkehrende Schwindelgefühl zu bekämpfen, setzte sich auf eine Bank, sah den herumspazierenden Tauben zu, wartete, bis ihr besser wurde. Nach fünf Minuten ging es wieder.

Fünfzehn Minuten später stand sie Bernharda Behrens gegenüber.

Bernharda war das, was man in Berlin einen Dragoner nannte: Schuhgröße 43, Makostrümpfe, Kostüm, Herrenschnitt und Hornbrille; kräftiges Gebiß und gewaltige Nase; schwarzes Bärtchen auf der Oberlippe und Trümmerfrauenhände; wenn sie ging, knarrten die Dielen, und wenn sie redete, vibrierten die Fensterscheiben.

„Nehmen Sie sich einen Stuhl — setzen Sie sich."

Katja tat es mit dem bangen Gefühl einer zehnjährigen Schülerin, die sich wegen einer gefälschten Unterschrift auf dem Entschuldigungszettel vor der allmächtigen Frau Direktor verantworten mußte.

Was nun folgte, wurde von ihr weniger als Gespräch wahrgenommen, sondern mehr als Verhör und Befehlsempfang.

Bernharda Behrens nahm hinter ihrem aktenübersäten Schreibtisch Platz und fixierte sie. Hinter den dicken Brillengläsern hatten ihre graugrünen Augen die Größe von Tischtennisbällen. Na, nicht ganz. Während sie sprach, riß sie ständig kleine Streifen von einer Tesafilmrolle herunter, zerknüllte sie zu klebrigen Kugeln und warf sie voller Abscheu in den neben ihr stehenden Papierkorb.

„Du bist doch unehelich — oder? "

Katja war unwillkürlich eingeschüchtert. „Ja . . ."

„Na also!" Bernharda nickte. „Hast du deinen Vater mal gesehen? "

Was will die bloß? Katja fühlte sich unbehaglich und wäre am liebsten gegangen. Aber dann wäre der Kontakt abgerissen, und Biebusch würde ihr die Hölle heiß machen.

„Was ist nun: haben Sie ihn gesehen oder nicht? "

Der mehrfache Wechsel zwischen Du und Sie trug noch zu Katjas Verwirrung bei. „Meinen Vater . . .? " wiederholte sie. „Nein, das nicht. Aber warum interessiert Sie das? "

„Abwarten!" dröhnte Bernharda. „Ich . . ." Das Telefon schrillte. Sie riß den Hörer hoch, rief „Keine Zeit, später!" und knallte ihn wieder auf die Gabel. „Wie heißt er, wo wohnt er — weißt du's? "

„Harry Bruns oder Härrie Bruns, wie Sie wollen", antwortete Katja mit dünner, unwillkürlich leiernder Stimme. „Soweit ich weiß, wohnt er in der Nähe von New York — Nyack heißt die Stadt."

„Und wer hat dir erzählt, daß das dein Vater ist? "

„Wieso . . .? "

„Jetzt frage ich erst mal!"

Katjas Widerspruchsgeist regte sich. „Wie kommen Sie denn dazu? "

Bernharda schlug mit der flachen Hand auf den Tisch. „Ich war die beste Freundin Ihrer Mutter — und es ist sehr wichtig für Sie!"

Katja schwieg. Gehen konnte sie immer noch.

„Wer hat's dir also erzählt? " wiederholte Bernharda ihre Frage.

„Mutti . . . Mutter, als sie noch lebte."

„Sie ist gestorben, als du knapp fünf warst? "

Katja nickte.

„Und deine Großmutter? "

„Die auch. Vorigen Monat."

Bernharda stand auf, trat ans Fenster, sah auf die träge Bramme hinunter. „Sie haben dich angelogen, mein Kind!"

„Angelogen? Wieso? "

„Weil die Wahrheit zu schrecklich ist . . ."

Katja ärgerte sich über diese polternde, herrschsüchtige Frau, wurde sarkastisch. „Waren Sie's vielleicht? "

Bernharda lief rot an, stand dicht vor der Explosion. „So was Unverschämtes — wie deine Mutter!" Aber sie leitete den Zorn, den sie Katja gegenüber entwickelt hatte, auf ihre Sekretärin um, riß die Tür auf und schnauzte nach draußen: „Machen Sie doch endlich Ihr Kofferradio aus — wir sind hier nicht im Jazzschuppen!"

Katja konzentrierte sich auf eins der graphisch unterentwickelten Plakate an den Wänden.

SYNAGOGALE GESÄNGE MIT ERLÄUTERUNGEN
Uri Rosentreter, London
Mittwoch, den 14. Juni 1972, 20 Uhr, Matthäi-Kirche
Teilnahme frei

„Da werd ich mal hingehen", sagte sie zu Bernharda und wollte es als versönliche Geste verstanden wissen. „Meine Freundin Esther nämlich . . ."

„Kostet ja nichts, geh man ruhig!" sagte Bernharda. „So — weiter im Text!" Sie ließ sich wieder in ihren unförmigen Drehsessel fallen. „Dieser Bruns ist nicht dein Vater; da hat man dir einen Bären aufgebunden, mein Kind. Die hatten alle Angst, dir die Wahrheit zu sagen."

Katja fröstelte es trotz der Hitze in Bernhardas Zimmer. Das war dasselbe Gruselgefühl, das sie als Kind immer verspürt hatte, wenn ihr Großmutter von dem buckligen Fährmann an der Oder erzählte (dumpfes „Hol über!" im Nebel) und von den Wasserleichen, die er regelmäßig fand.

„Ich weiß nicht, was . . ."

„Unterbrich mich jetzt nicht!" herrschte Bernharda sie an. „Es ist eine häßliche Geschichte . . . Die arme Marianne!" Sie kramte eine Zigarette aus einer unaufgeräumten Schublade und steckte sie mit einem dieser zehn Zentimeter langen Streichhölzer an, die es in den Andenkengeschäften zu kaufen gab. „Rauchst du? "

„Nein, danke."

Bernharda nickte befriedigt; dann begann sie zu erzählen. Katja hörte schweigend zu.

„Juli 1949, ein Sonnabend . . . Wir waren tanzen, deine Mutter und ich, hinten im Stadtpark-Café am Schwarzen See. Da waren wir öfter. Es war auch immer ganz nett . . . Doch diesmal gab's Streit. Marianne war in einen Primaner verknallt, dessen Vater irgendein hohes Tier bei den Engländern war, was weiß ich . . . Horst hieß der Knabe. Der wollte aber lieber mit mir über Thomas Mann und Hermann Hesse reden als mit deiner Mutter tanzen. Nun, ein Wort ergab das andere, und sie rannte schließlich aus dem Saal. Horst hinterher. Er suchte sie noch ein Weilchen im Park, fand sie aber nirgends. An der Haltestelle, vielleicht hundert Meter vom Café entfernt, war gerade ein Bus abgefahren, den mußte sie noch geschafft haben. Zehn nach zehn war es erst. Horst kam jedenfalls in den Saal zurück, und wir hatten noch einen schönen Abend . . . Deine Mutter — sie hat's mir hinterher erzählt — hatte den Bus aber nicht mehr geschafft und war in ihrem Zorn zu Fuß nach Hause gelaufen, immer die Parkallee entlang . . . Heute sieht's ja da anders aus, aber damals war's eine gottverlassene Gegend. Ja, und an der Bismarck-Eiche ist es dann passiert."

Katja ahnte, was nun kam.

„Überfallen und vergewaltigt. Keiner hat sie schreien gehört . . ."

Katja schloß die Augen, atmete schwer, sah die Szene vor sich.

„. . . im September stand dann fest, daß der Mann sie geschwängert hatte . . ."

Das Kind eines Sittlichkeitsverbrechers. Mein Gott!

„. . . deine Großmutter war für eine Abtreibung, dein Großvater dagegen. Trotzdem versuchten sie es bei den Ärzten hier in Bramme und Umgebung. Ergebnis: Ablehnung des Antrags; keine echte ärztliche Indikation wegen Gefährdung der Mutter . . ."

Katja, eben noch von Schmerz und Abscheu fast überwältigt, wurde von dieser Ironie des Schicksals abgelenkt: Da kämpfte sie mit ihren Freundinnen mit Unterschriften und Appellen für die Aufhebung des Paragraphen 218, für die Fristenlösung — und nun verdankte sie ihr Leben . . .

Was kümmert es die Eizelle, auf welche Art und Weise der Samenfaden zu ihr gelangt? — Aber das Mechanistische des Lebens erschütterte sie.

Um ihrer Mutter willen haßte sie den Mann, der es getan hatte, und die Tat selbst schockierte sie, aber zugleich war sie . . . Ja: *dankbar*, daß er . . . Mein Gott! Sie liebte ihr Leben, bejahte, schöpfte es aus. Und ohne ihn wäre nur ein Nichts, ein unvorstellbares Nicht-Leben ohne Namen.

„. . . deine Mutter mußte also das Kind austragen. 1949 bedeutete das immer noch eine Schande für sie und ihre Eltern. Jedenfalls in Bramme. Es blieb ihnen nichts weiter übrig, als von hier fortzuziehen, nach Berlin . . . Das hat deine Mutter nie überwunden, diese zweite Flucht. Erst die aus Schlesien, der sie ja ihre Tbc verdankte, und dann diese zweite . . ."

Katjas Gedanken wurden melodramatisch: Der Mörder meiner Mutter als Erzeuger meines Lebens . . . Laß das! rief sie sich sofort zur Ordnung, so was gibt's doch nur in Heftchen-Romanen . . . „Hat die Polizei nichts unternommen?"

„Doch. Ohne Erfolg. Der Täter ist nie gefunden worden. Aber es besteht praktisch kein Zweifel daran, daß es einer aus Bramme gewesen ist. Marianne hat ihn nicht erkannt, klar, aber ihrer Aussage zufolge ist er knapp über zwanzig gewesen, müßte also jetzt Mitte Vierzig sein . . ."

Vielleicht ist er mir heute begegnet. Oder gestern. Vielleicht . . .

Bernharda richtete sich auf, wurde pathetisch: „Darum will ich mit dir reden: du mußt ihn finden! Räche deine Mutter, verhilf der Gerechtigkeit zum Siege . . ." Sie lachte schadenfroh: „Was meinst du, was es für einen Aufruhr gibt, wenn du hier zu suchen anfängst. Da kriechen die Ratten in ihre Löcher. Da zerbricht die heile Welt von Bramme. Da können sich mal alle im Spiegel bewundern, wie häßlich sie sind!"

Das klang so haßerfüllt, daß Katja erschrak. Bernharda mußte durch und durch frustriert sein. Vermutlich wurde sie als Mannweib verspottet, für lesbisch gehalten, mit ihrem Kulturfimmel gehänselt; vielleicht litt sie darunter, daß sie keinen Mann und keine Kinder hatte und daß ihre Volkshochschule, abgesehen vielleicht von Säuglings- und Nähkursen, so wenig Zulauf hatte.

„. . . du mußt ihn bloßstellen! Was meinen Sie, wie der zittert, seitdem Sie hier sind."

Bei Katja machte es Klick. Sollten die Anschläge auf sie gar nicht der Soziologin Katja Marciniak gelten, sondern . . . Sie erzählte Bernharda von dem angeblichen Ladendiebstahl, von dem heranbrausenden Wagen, von dem Stein, der durchs Fenster geflogen war, und von dem Anruf am Morgen.

„Bitte — meine Rede!" Bernharda triumphierte. „Ich habe der Polizei immer wieder gesagt: Ihr sucht bei den Falschen, bei den Arbeitern und den Landstreichern — Quatsch. Bei den verwahrlosten Jungen der Oberen, der Großkopfeten, da müßt ihr suchen! Bei den Leuten im Parkviertel, wo sie Orgien in den Villen feiern. Was du da sagst, Katja, gibt mir recht: Es ist einer von den oberen Zehntausend gewesen — und jetzt hat er Angst, daß alles rauskommt. Jetzt hat er eine Menge zu verlieren — seinen guten Ruf, seinen Umsatz, seine Frau. Darum die Treibjagd auf dich. Du sollst aus Bramme verschwinden, ehe du ihm auf die Spur kommst — was sag ich: ehe dir einer sagt, was los ist."

Das klang plausibel. Ein kleiner Arbeiter hätte sich irgendwo verkrochen und damit basta. Oder sich einen Dreck um das Ganze gekümmert. Strafrechtlich war's ja wohl längst verjährt.

Bernharda spann ihren Faden weiter: „Es wird ein vermögender Mann sein; wir haben über fünfzig Millionäre in Bramme. Wenn du ihn aufstöberst, hast du ausgesorgt. Ihn finden, ein erbbiologisches Gutachten erzwingen — und die Sache ist gelaufen . . . Und du wirst ihn finden! Er hat damals Spuren hinterlassen, die du wieder auffrischen kannst, und er hat jetzt Spuren hinterlassen bei seinem Vorgehen gegen dich."

Doch Katjas Gedanken gingen in eine andere Richtung. Es war Gras über die Sache gewachsen; warum alles wieder aufwühlen, warum Menschen aus ihrer Bahn werfen? 1949; ein junger Mann, im Luftschutzbunker groß geworden, Soldat gewesen und Kriegsgefangener, hatte sich mal vergessen. Sollte sie nun sein Leben zerstören? Zum zweitenmal womöglich? Und das Leben seiner Angehörigen?

Nein!

Schließlich hatte er keinen Mord begangen. Und sie war ja quitt mit ihm. Sie lebte durch ihn — damit schien ihr die Schuld, die er ihrer Mutter gegenüber hatte, aufgewogen.

„Ich werde gar nichts tun", sagte sie mit fester Stimme. „Soll er selig werden. Ich will ihn nicht kennenlernen. Er weiß mit Sicherheit nicht, daß ich hier bin, daß ich seine Tochter bin."

Bernharda sprang auf. „Das werden Sie nicht tun! Sie werden ihn suchen!" Drohend kam sie auf Katja zu.

„Ja, aber . . ." Katja bekam es fast mit der Angst; sie wollte diese Walküre ablenken. „Haben Sie einen Verdacht, Frau Behrens? "

„Was heißt Verdacht? Ich weiß, wer es war. Es kann gar kein anderer gewesen sein. Bei seiner Veranlagung . . . Der hat's doch bei mir auch versucht — auch mit Gewalt. Und bei anderen auch."

„Wer denn? "

„Der Besitzer von diesem widerlichen Sex-Shop hier. Ein gewisser Lemmermann."

Katja fuhr hoch. „Der . . .!? "

„Ich bin felsenfest überzeugt davon. Den müssen Sie zuerst unter die Lupe nehmen!"

„Den? Ach du lieber Himmel — der doch nicht . . . Ich hab ihn kennengelernt. Der hat mir doch niemals den Stein ins Zimmer geworfen oder mich mit seinem Wagen anfahren wollen!"

„Ach was!" Bernharda konterte sofort. „Er ist es gewesen. Er und kein anderer . . . Sein Vater, der war früher Vorsitzender der Industrie- und Handelskammer hier, einer der einflußreichsten Männer in Bramme, Großimporteur . . . Als der erfahren hatte, was mit seinem Sohn los war, da hat er doch alle Hebel in Bewegung gesetzt, um die Sache zu vertuschen. Die da oben, die halten doch alle zusammen! Zuerst, da haben sie Lemmermann stundenlang bei der Kripo verhört; er hatte kein richtiges Alibi. Aber sie hätten erleben sollen, wie seine sauberen Freunde für ihn gelogen haben. Plötzlich hatte er eines. Die stecken doch alle unter einer Decke . . . Und jetzt haben sie Angst, daß alles auffliegt. Dieser Skandal! Unsere Honoratioren waren die längste Zeit welche. Jugendsünden? Denkste! Erledigt sind sie. Da gibt es nämlich Zeugenaussagen, daß Lemmermann nicht allein war, sondern andere dabeigestanden haben. Ihre Mutter hat das verschwiegen, aber . . . Na ja!"

Katja begriff das alles nicht. „Aber man versucht doch alles mögliche, um Lemmermann aus Bramme zu vertreiben? Wo bleibt denn da der Korpsgeist? "

„Korpsgeist? " Bernhardas Augen leuchteten auf.

„Kind, begreif doch: Die Bande da will ihn loswerden, ehe er gefährlich werden kann, ehe er alles wieder aufrührt, den ganzen Bodensatz an Korruption und . . . und . . . Darum will man euch beide loswerden! Loswerden, ehe das Pulverfaß explodiert!"

8

Sie standen auf der Großen Wasserbrücke und blickten in Richtung Hafen. Die vorübergehenden Fußgänger drehten sich nach ihnen um und grinsten. Lemmermann verstand das nicht.

„Als ob die noch nie einen Menschen gesehen hätten!"

Er wußte nicht, daß er hinten am Gürtel seiner Safari-Jacke ein Pappschild mit der Aufschrift trug *Vorübergehend außer Betrieb.* Katja hatte es an der Tür einer Fernsprechzelle gesehen.

Kuschka zuckte nur die Achseln und blieb ernst, Katja starrte betont uninteressiert zur Martinikirche hinüber, Frau Haas fand es zwar kindisch, sagte aber nichts.

Katja zog heute eine große Schau ab. Sie fragte verdutzte Bürger in einer Phantasiesprache nach dem Jungfernstieg – „Ta komma u brammaro a Jungfernstieg? " – und ließ sich umständlich auseinandersetzen, daß sie sich hier in Bremen und nicht in Hamburg befand; sie ging auf brave Hausfrauen zu, begrüßte sie überschwenglich – „Ja, die Frau Ascheregen! Ja, wie geht's denn? " – und war nur schwer zu überzeugen, daß hier eine Verwechslung vorliegen müsse; als sie sich dann unter den Rathausarkaden ausruhten, klebte sie mit UHU-plus, das Kuschka zur Reparatur seiner Sandale gekauft hatte, ein Zwei-Mark-Stück neben ihrer Bank fest. Fuß drauf und eine Viertelstunde gewartet. Vom Roland aus war es nachher nett mitanzusehen, wie sich Wermutbrüder, Kommunarden und Rentnerinnen die Fingernägel abbrachen.

Sie war an diesem späten Nachmittag groß in Form. Kuschka und Frau Haas kannten sie nicht wieder, schrieben es aber Biebuschs Abwesenheit zu.

Katja sah Lemmermann an. „Wohin fahren Sie denn dies Jahr in Urlaub?"

„Ich weiß noch nicht."

„Fahren Sie nach Sicht!"

„Sicht . . .? Ich kenn mich ja ganz gut aus — aber Sicht . . .?"

„Muß aber ganz bekannt sein, vor allem wegen des Wetters."

„Nie gehört."

„Vor dem Reisebüro eben hat wieder eine Frau gesagt: Es ist schönes Wetter in Sicht."

So ging es noch ein Weilchen; auch Kuschka und Lemmermann blödelten nach Kräften. Nur Frau Haas fand es unter ihrem intellektuellen Niveau.

Katja merkte genau, wie albern und überdreht sie war, wie alles ein bißchen aufgesetzt wirkte. Kein Wunder nach dem Schock am Mittag. Jetzt mußte sie's verdrängen, in eine andere Rolle hineinschlüpfen, Groteskes spielen auf der Bühne einer heilen Welt und ordentlich dem Affen Zucker geben. Nur nicht an die Szene im Stadtpark denken und an das, was ihre Mutter nachher auszuhalten hatte. Weiterblödeln!

Sie blieb vor einem Zeitungskiosk stehen. „Mensch, das hätte ich dem Kiesinger ja nicht zugetraut!"

„Was?" fragte Kuschka.

„Na, daß der jetzt Berater von Nixon ist."

„Das ist doch Henry A. Kissinger!" sagte Frau Haas belehrend. Mißbilligung in der Stimme.

„Das kostet Sie 'ne Lage!" rief Kuschka, der sich so etwas nie entgehen ließ.

Wenig später saßen sie in einer Art gehobenen Seemannskneipe und tranken Porter mit Rum, worauf es noch um einige Grade lustiger wurde. Sogar Frau Haas trug mit einer kleinen Anekdote zur allgemeinen Belustigung bei.

Katja fand, daß Lemmermann — nun vom Schild befreit — trotz aller Fröhlichkeit irgendwie befangen war. Ob er merkte, wie sie ihn ununterbrochen im Auge hatte? Das ist nun mein Vater . . . Es ging ihr nicht mehr aus dem Kopf; seit sie in Bramme in seinen Wagen gestiegen war, beherrschte dieser Satz ihre Gedanken. Es schien ihr sicher, daß Bernharda recht hatte und dieser Helmut Lemmermann ihr Vater war. Ein sehr ansehnlicher Vater sogar. Der Beweis lag ja auf der Hand: Warum hatte er sie drei zu diesem Trip nach Bremen eingeladen — doch nur, um seine Tochter kennenzulernen, ohne daß es auffiel. Die leicht nach unten gezogenen Mundwinkel — genau wie bei ihr. Sie war ihm keineswegs wie aus dem Gesicht geschnitten, dazu kam sie viel zu sehr nach ihrer Großmutter; aber die leicht gewölbte Stirn hatte sie von ihm, ebenso wie die schlanken Finger und den schreitenden

Gang. Sie mochte ihn, sie spürte eine lustvolle Erregung, wenn sie ihn ansah. Ein nachgeholter Elektra-Komplex also?

Er und ein Sittlichkeitsverbrecher — unmöglich! Sicherlich ein triebstarker Mann, aber das — niemals! Wahrscheinlich hatte ihre Mutter ihn herausgefordert und dann, als sich die Natur nicht mehr unterdrücken ließ, seine Heftigkeit als Notzucht gewertet. Unerfahren, wie sie war. Nachher hatte sie sich dann geschämt, seinen Namen verschwiegen und aus einem tiefen Schuldgefühl über ihre sittliche Verfehlung heraus die Last des unehelichen Kindes auf sich genommen. Wer wollte schon wissen, was sich damals im Stadtpark abgespielt hatte . . .? Die männerfressende Bernharda bestimmt nicht.

Sie schlenderten durch Bremen, nutzten den langen Tag. Lemmermann spielte den Fremdenführer, zeigte ihnen Roland, Rathaus und Schütting, St. Petri-Dom, Liebfrauenkirche und Bahnhof, das Haus der Bürgerschaft und die Stadtmusikanten an der Westseite des Rathauses, und führte sie durch die Böttcherstraße und das Schnoorviertel; nur für das Focke-Museum war es zu spät. Besonders die Böttcherstraße gefiel ihr mit dem großen Bronzerelief am Eingang, St. Georgs Kampf mit dem Drachen, ihren Arkaden und Restaurants, dem Robinson-Crusoe-Haus und dem Glockenspiel aus Porzellan, dem historischen Postkasten am Roselius-Haus und . . . und . . . und . . .

Irgendwie war sie glücklich, daß sie an diesem sanften Sommerabend mit Lemmermann durch die alte Gasse schlendern konnte; Kuschka und Frau Haas nahm sie kaum noch wahr. Es war alles überstanden. Sie hatte es hinter sich.

Und plötzlich hatte sie, vage und unbestimmt, das Gefühl, als habe ihre Existenz eine neue Dimension gewonnen. Sie konnte es nicht definieren, aber . . . Irgendwie fand sie sich interessanter als vorher. Da war ein Hauch des Außergewöhnlichen. Wer war schon wie sie gezeugt worden und hatte nach 22 Jahren seinen Vater entdeckt . . . Einen Vater, von dem sie zeitlebens geträumt hatte. War es nicht auch ein Wunder, daß sie ohne psychische Defekte aufgewachsen, daß sie hübsch, intelligent und durch und durch gesund war? Und sie verstand sich prächtig mit diesem Lemmermann.

Ob er heute noch eine Art Geständnis ablegen würde? Wie sag ich's meinem Kinde? Sie war gespannt darauf. Vielleicht konnte sie morgen früh schon aus der Pension aus- und bei ihm einziehen. Er hatte ja vorhin erzählt, daß er allein lebe. Vor drei Jahren geschieden. Ob das auch mit damals zusammenhing?

Später verärgerten sie Lemmermann etwas, als sie lieber in den historischen Ratskeller gehen wollten (Hauff und so), anstatt in den Nightclub eines seiner Freunde. Aber er hatte es bald überwunden.

Kurz nach halb zwölf saßen sie dann in seinem Wagen und fuhren

durch die Nacht nach Bramme zurück. Katja neben ihm auf dem Vor-
dersitz, Kuschka und Frau Haas äußerst beengt auf den Notsitzen im
Fond. Sie fühlten sich etwas diskriminiert.

Am Morgen hatte es großes Hallo gegeben, als sich herausstellte, daß
Lemmermann gleichfalls einen roten Karman Ghia fuhr. Katja hatte
vorgeschlagen, in zwei Wagen zu fahren, damit alle bequem Platz
hätten, zugleich aber Bedenken geäußert wegen der Wahrscheinlich-
keit, sich in der fremden Stadt zu verlieren.

,,Ach was — das geht schon!" hatte Lemmermann entschieden und
auch gleich die Platzverteilung vorgenommen.

Ist das Zufall, daß er mich neben sich haben wollte? dachte Katja,
als ihr nun auf der Rückfahrt die Szene durch den Kopf ging. Sie waren alle müde, und das Gespräch plätscherte etwas mühsam, von Pau-
sen unterbrochen. Lemmermann war am schweigsamsten.

Plötzlich kamen Katja wieder Zweifel. Er war doch sympathisch
und gutmütig — warum hatte er sich in all den Jahren nicht um sie
gekümmert? Er mußte doch mitgekriegt haben, daß da irgendwo ein
Kind . . . Das schloß geradezu aus, daß er ihr Vater war! Und überhaupt,
dieser Mann war unfähig, einer Frau Gewalt anzutun; soviel Men-
schenkenntnis hatte sie.

Aber . . .

Aber da war ihr Gefühl, daß sie irgendwie zusammengehörten. Da
war die Aussage von Bernharda. Da war sein Interesse an ihr und dieser Fahrt nach Bremen. Da waren Fakten wie sein Alter, seine damali-
ge Anwesenheit in Bramme.

Es machte sie krank. Es war eine essentielle Frage für sie. Sie mußte
es wissen. Sie mußte es herauskriegen . . .

Aber wie?

Ihn einfach zu fragen war sinnlos. Und ob er jemals von sich
aus . . .? Aber sie konnte einfach nicht länger warten!

Da kam ihr eine Idee . . .

Wenn ich nun versuche, ihn zu verführen? Ziert er sich, macht er
Ausflüchte, kann ich ihn in die Ecke treiben und ihm ein Geständnis
entlocken. Will er aber mit mir schlafen, dann kann er nicht mein Vater sein . . . Beweis ist es noch keiner; so was gibt's schließlich. Aber es
gibt auch eine ziemlich starke psychische Bremse . . . Ihr Herz klopfte
so laut, daß sie schon fürchtete, Lemmermann könnte es bemerken.

Aber der zog nur an seiner Zigarette und konzentrierte sich auf die
kurvenreiche Straße. Hin und wieder warf er einen schnellen Blick zu
ihr herüber, betrachtete im flatternden Licht der Ortsdurchfahrten
ihre Knie. Sie registrierte es und drehte sich noch öfter zu Kuschka
und Frau Haas um, was ihren knappen Rock jedesmal ein wenig höher
rutschen ließ.

Der Aschenbecher klemmte, und Lemmermann bat sie, seine Zigarette auszudrücken. Sie tat es, nicht ohne dabei über seine Hand zu
streichen. Er zuckte leicht zusammen. Sie nutzte die leichte Rechts-
kurve, um mit ihrem Kopf seine Schulter zu berühren.

„Oh, Pardon, hoffentlich sind nicht zu viele Haare haftengeblie-
ben . . .“

„Macht nichts“, brummte er.

Flirten war nicht seine Stärke; insofern täuschte wohl sein Typ.
Oder . . . Hatte er gute Gründe, es diesmal nicht zu tun? Vielleicht
fand er sie auch ganz einfach aufdringlich.

Sie war sich nicht sicher, inwieweit er ihre Signale verstanden hatte.
Wie konnte sie ihn aus der Reserve locken? Hinten im Wagen saßen
die beiden Kollegen, die von allem nichts wußten und auch nicht alles
mitbekommen sollten.

Die Heiterkeit der letzten Stunden war verflogen; jeder döste vor
sich hin und fühlte sich nur hin und wieder verpflichtet, etwas zu sagen. Nur sporadisch kam so etwas wie ein Gespräch zustande.

Kuschka erzählte von einem Gelage in einer Kaschemme in Kreuz-
berg, wo er innerhalb von zwei Stunden zwanzig Klare gekippt hatte,
vom Bier mal abgesehen. Da konnten weder Lemmermann, der seine
Enthaltsamkeit auf *diesem* Gebiet betonte (aha!), noch Katja mitre-
den, von Frau Haas ganz zu schweigen, die lediglich auf die system-
verfestigende Rolle des Alkohols hinwies: „. . . Abbau aggressiv-revo-
lutionärer Tendenzen bei den Lohnabhängigen . . .“

Katja berichtete von Alfons Mümmel, wie er Frau Meyerdierks' Telefonschnur zerbissen und seine Spuren auf dem Kopfkissen des Abteilungsleiters hinterlassen hatte: „. . . er springt nämlich gern in die
Betten — sozusagen ein kleiner Betthase.“ Das entlockte den anderen
nur ein müdes Lächeln, und Katja war sich nicht sicher, ob ihre Bemerkung bei Lemmermann die gewünschten Assoziationen hervorge-
bracht hatte.

Lemmermann bemerkte nur, daß sein nächtliches Wachen im Laden
keinen Erfolg gehabt hätte. „Der Täter hat sich wohl eine kleine Pause
gegönnt.“

„Vielleicht hat er mal das eine oder andere ausprobiert, was er bei
Ihnen geklaut hat“, sagte Katja.

„Mitgenommen hat er ja nichts.“

„Na, um so besser . . .“

Aber Lemmermann ließ sich durch nichts aus der Reserve locken.
So wie sie sich aufführte, hätte ein richtiger Playboy schon längst eine
Panne vorgetäuscht und vor dem nächsten Gasthof gehalten . . . Merk-
würdig. Oder ganz einfach. Je nachdem.

Sie fuhren schon am Brammer Meer vorbei, das silbern und schnulzenschön im Mondschein lag. Ihr Vorschlag, jetzt zu baden, wurde einstimmig verworfen. Schade; da hätte sie womöglich sehen können, ob Lemmermann an den gleichen Stellen wie sie Leberflecken . . .

In zehn Minuten mußten sie in Bramme sein.

Kuschka wurde wieder munter und schwärmte von Stanley Kubricks Film *2001 — Odyssee im Weltraum*, worauf Lemmermann sich als süchtigen Leser von Science-Fiction-Romanen zu erkennen gab.

Katja horchte auf. Sie hatte in der Pension einen Geschichtenband von Stanislaw Lem liegen. War das ein Köder, ihn in ihr Zimmer zu locken?

Es stellte sich heraus, daß ihr ein Umstand zugute kam, mit dem sie in Unkenntnis des Brammer Straßennetzes gar nicht gerechnet hatte: Lemmermann setzte erst Frau Haas und dann Kuschka ab.

War das Absicht? Hatte er angebissen?

Endlich saßen sie allein im Auto und sahen Kuschka noch im *Alten Fährhaus* verschwinden, bevor Lemmermann wieder anfuhr. Katja seufzte leise. Gott sei Dank! Sie reckte und rekelte sich und versuchte, eine vertrauliche Atmosphäre herbeizuzaubern. War es der Wein, war es die lange Zeit, die seit der letzten Umarmung vergangen war, war es Lemmermanns Ausstrahlung — sie hoffte plötzlich, er möchte *nicht* ihr Vater sein.

Aber er verhielt sich so, als sei er es. Fehlte nur, daß er „Kindchen" zu ihr sagte oder sinnigerweise: Bitte nicht, Katja, Sie könnten doch meine Tochter sein . . . Zu denken schien er's jedenfalls.

„Ich hätte noch Lust, in eine kleine Bar zu gehen", sagte Katja.

Die Antwort war lakonisch: „Und ich möchte so schnell wie möglich ins Bett — tut mir leid."

Dagegen war auch mit Schlagfertigkeit nicht viel auszurichten.

„Wir sind da", sagte Lemmermann gleich darauf und hielt vor der Pension Meyerdierks. Es war kurz nach Mitternacht.

Katja nahm ihr Herz in beide Hände — jetzt oder nie! Wenn sie ihren Vater jemals identifizieren wollte, mußte sie heute nacht zupacken. „Ich weiß gar nicht, wie ich Ihnen danken soll . . . Vielleicht kommen Sie noch auf ein Bier mit nach oben? "

Lemmermann war wenig erbaut von ihrem Vorschlag. „Es ist schon so spät . . ."

„Ich hab auch noch einen schönen Science-Fiction-Band für Sie!" Sie kam sich vor, als würde sie um einen Freier kämpfen.

„Na schön", sagte Lemmermann. „Aber nur für fünf Minuten."

Katja atmete auf, verspürte aber zugleich ein heftiges Herzklopfen. Wie mochte das ausgehen?

Lemmermann fand einen freien Platz auf der großen Parkfläche neben dem Hotel *Stadtwaage*. Sie stiegen aus und gingen auf die Pension zu.

Katja stutzte. Stand da im Eingang zum Altersheim nicht . . . Nein, es war nicht Corzelius. Da war überhaupt niemand. Der Platz vor der gläsernen Eingangstür war leer. Was sollte auch Corzelius hier, um diese Zeit.

Sie schloß auf und vermied es, unnötigen Lärm zu machen. Lemmermann folgte ihr. Es war ein bißchen wie in einem St. Pauli-Film; die Schäbigkeit der Pension Meyerdierks paßte dazu. Für Katja war es erregend, für Lemmermann offenbar weniger. War es Routine bei ihm? Oder war er als Vater bestürzt darüber, was seine Tochter hier trieb? Womöglich hatte er sich ein Idealbild von ihr gemacht. Vielleicht sah er sie als brave Bürgerstochter, die inaktiv war und blieb und sich ihre Unschuld für die Hochzeitsnacht aufsparte.

Dann saß, ohne daß sie sich später an Einzelheiten erinnern konnte, Lemmermann in ihrem Sessel, und sie stand vor dem Spiegel, um sich die Haare zu kämmen. Sie wußte, daß kaum ein Mann sich dem Zauber ihrer Bewegungen beim Kämmen entziehen konnte.

Lemmermann konnte. Er las seelenruhig in dem Science-Fiction-Band, den er auf dem Sims über der Heizung entdeckt hatte, und wartete darauf, daß das Bier, über das kaltes Wasser strömte, eine annehmbare Temperatur hatte.

Ihr war jetzt alles egal: entweder er kam zu ihr, oder er sagte ihr klipp und klar, daß er ihr Vater war . . . Irgendwann mußte er doch Farbe bekennen!

Sie schöpfte all ihre Möglichkeiten aus; sie schaltete den Radioapparat ein und wählte zärtlich-intime Barmusik, sie knipste die grelle Deckenbeleuchtung aus und die matte Nachttischlampe an, sie trank aus der Bierflasche und reichte sie mit Spuren ihres Speichels weiter, sie setzte sich aufs niedrige Bett und schlug die Beine übereinander, sie sang mit rauchiger Stimme einen Schlager mit, der durch sein *nanana* eindeutig genug war, sie strich mit der flachen Hand über ihr Kopfkissen — doch Lemmermann reagierte nicht. Das heißt, er rückte den Sessel näher an die Nachttischlampe, um weiterlesen zu können. Er saß zurückgelehnt im Sessel, zog ruhig und in sich gekehrt an seiner Zigarette und entgegnete ihr selten mehr als „hm hm" oder „ja".

„Sie haben ein interessantes Geschäft . . ."

„Ja."

„Meistens Männer, die Kunden . . ."

„Hm hm."

„Ich war noch nie in solchem Laden."

„Ach ja? "

„Was wird denn am meisten verkauft? "

„Gott — verschieden."

„Was finden Sie denn am besten? "

Stummes Achselzucken.

„Aktaufnahmen hat noch keiner von mir gemacht, aber als Mannequin habe ich schon gearbeitet — Miederwaren, Slips, Strumpfho-
sen . . ."

„So? "

Es war zum Heulen! Oder war es eher ein Grund zur Freude?

„Mein Gott, was müssen Sie von mir denken! Nachts mit Ihnen hier
allein im Zimmer . . . Wenn mein sittenstrenger Herr Vater das wüßte!"

Keine Reaktion.

„Aber Sie kann ja so schnell nichts erschüttern . . ."

„Nun . . ."

Er klappte das Visier nicht hoch; es war zum Haareausraufen. Mein
Gott, womit brachte man ihn bloß aus seinem Schneckenhaus heraus!? War er impotent? War er homosexuell?

Oder war er ihr Vater?

Aber dann, verdammt noch mal, sollte er doch endlich sagen, daß
er's war! Da verfolgte er nun ihre Schau, und . . . Sie wurde langsam
böse, daß sie sich hier so aufführen mußte, ohne . . . Ein letzter Versuch. Sie stand auf, verbeugte sich vor ihm, sagte lachend „Damen-
wahl!" und zog ihn vom Sessel hoch.

Im Radio spielten sie gerade Evergreens, sie hatte Glück. Als er endlich die Hand auf ihre Schulter gelegt hatte, war *Moulin Rouge* an der
Reihe.

Er tanzte miserabel, sie führte ihn wie eine Marionette. Sie merkte,
wie sich alles in ihm sträubte, als sie seine Nähe suchte.

Also doch!

Sie ließ ihn unwillkürlich stehen, ließ ihn los. „Was ist nun? "

Er sah sie an.

Drei Minuten später hatte sie ihren Beweis.

9

Es war ein sehr schöner Beweis.

Als Lemmermann kurz vor drei Uhr die Pension verließ, nannte sie
ihn Lemmy und konnte sie davon ausgehen, daß ein anderer Mann ihr
Erzeuger sein mußte.

Ein neuer Tag dämmerte herauf. Sie stand am Fenster und winkte
hinunter.

Sein Zögern hatte einen plausiblen Grund gehabt: die Freundin in Berlin, der er Enthaltsamkeit im Brammer Exil versprochen hatte.

Nun, zweimal war keinmal.

Sagte Lemmy.

Er wußte jetzt viel von ihr, aber er wußte nicht, auf Grund welcher Überlegungen er zu diesem Erlebnis gekommen war. Wenn er es erfuhr, war er sicherlich böse.

Er schien ein wenig müde zu sein, als er nach einem hochgeworfenen Kuß die Knochenhauergasse überquerte und seinenWagen auf dem gegenüberliegenden Parkplatz suchte. Ein bißchen verwirrt sah er aus. Jetzt hatte er den Wagen erreicht; er schloß die Tür auf und setzte sich hinters Steuer. Mensch, der war ja in ihrem Wagen . . . Nein. Ihrer stand weiter links.

Er hielt noch einmal unter ihrem Fenster, drehte die Scheibe herunter, flüsterte ihr etwas zu, das sie nicht verstand, und sah recht glücklich aus. Warum auch nicht. Seine einsamen Tage in Bramme waren vorüber. Und die Nächte wohl auch . . . Sie war sich nicht so recht im klaren darüber, wie es weitergehen sollte, aber da fand sich schon was. Sie sah hinterher, wie er Gas gab und in Richtung Brammermoorer Heerstraße davonfuhr.

Helmut Lemmermann, genannt Lemmy, 42 Jahre alt, geschieden, einsachtzig groß, 79 Kilo, Geschäftsmann, geboren und aufgewachsen in Bramme, Lehr- und Wanderjahre in Bremen, Wuppertal und Essen, zwei große Geschäfte in Berlin, eines in Bramme, Tennisspieler, Kenia-Urlauber, FDP-Wähler, melancholisch, dauernd unglücklich verliebt, evangelisch, aber kein Kirchengänger, zur Gastritis neigend und . . .

Mein Gott!

Träumte sie? Phantasierte sie?

Nein, es war Realität.

Eine heftige Detonation hatte . . . Das Vorderteil des Wagens, rechts . . . Er verlor die Kontrolle über . . . Er raste in die große Scheibe des Supermarkts.

Mein Gott!

Die Lichtreklame verlosch flackernd. Das R von TASCHENMACHER leuchtete am längsten . . . Taschenmacher, dachte sie mechanisch. Krebsfleisch. Dann dachte sie nur noch: Lemmy!

Er mußte . . . Nein!

Geschrei und Lärm auf der Straße. Lichter flammten auf, Männer stürzten nach draußen, Frauen rissen Fensterflügel auf.

Katja rührte sich nicht. Wenn er wirklich tot war, war es . . . Er hätte noch dreißig Jahre zu leben gehabt . . . Wenn man tot war, war es egal, wie alt man geworden war . . . Und ich bin schuld an seinem Tod!

Hätte sie nicht wissen wollen, ob er ihr Vater . . .

Bramme mochte sie beide nicht.

Was sollte sie tun?

Warten?

Helfen konnte sie ihm doch nicht, das besorgten andere besser.

Die Kripo würde wissen wollen, wo er sich zuletzt aufgehalten hatte . . .

Neue Schwierigkeiten. *Die rote Hure soll aus Bramme verschwinden!* Das war Wasser auf deren Mühlen.

Mein Gott, sie war erwachsen. Es war ihr Körper. Es war ihr Recht . . . Aber was zählte das.

Sie mußte nach Lemmermann sehen!

Sie zog sich schnell Jeans und Pulli an, schlüpfte in ihre Sandalen, stürzte auf die Straße, lief zum Supermarkt hinüber.

Lemmermanns Wagen stand halb im Laden, halb hing er auf die Straße hinaus. Die Auslagen waren wie Geschosse nach allen Seiten fortgeflogen. Ein Chaos.

Der Unfallwagen war gekommen. Sein Blaulicht färbte die Gesichter; überall nur Leichenblässe. Durch einen Brei von zermanschtem Obst und zersplittertem Glas trugen sie Lemmermann hinaus. Er stöhnte leise.

Noch vor einer halben Stunde . . . Sie sah noch, daß sein Kopf voller Blut war, dann wurde ihr schwarz vor Augen.

Minuten später fand sie sich auf einem Einpacktisch des Supermarkts wieder. Corzelius flößte ihr Cognac ein.

Corzelius?

Ja.

„Sie . . .? "

„Der rasende Reporter, ja."

Unmöglich. So schnell konnte er doch gar nicht . . . Aber vielleicht war sie so lange . . .? Sie richtete sich auf.

Lemmermann war abtransportiert worden; die Feuerwehrleute räumten auf, zogen gerade den Wagen auf die Straße zurück. Kämena und die Leute von der Spurensicherung hatten das Notwendige bereits getan. Der Kommissar hatte sich irgendwo geschnitten, saugte das Blut aus dem Mittelfinger und murmelte etwas von Wundstarrkrampf und Blutvergiftung. Taschenmacher, von Anwohnern aus dem Bett telefoniert, kam vorgefahren und jammerte.

Katja hatte gar nicht bemerkt, wie Corzelius sie stützte. Behutsam, liebevoll. Es kam ihr so vor, als hätte sie ihn betrogen. Wenn er doch nur . . . Dann wäre alles nicht passiert, und Lemmermann lebte noch . . . Quatsch. Er hatte ja gestöhnt. Aber . . . Sie wagte nicht, Corzelius zu fragen.

Doch der erriet offenbar ihre Gedanken: „Wir rufen nachher mal im Krankenhaus an."

Corzelius tat ihr leid. Sie hätte heulen können. Er ahnte sicherlich, was sie und Lemmermann . . . Schlimm für ihn. Sie mußte etwas tun. „Ich habe Ihnen eine Menge zu erzählen . . . Können wir . . ." Nein, nicht ins Pensionszimmer!

Er schien auch das zu erraten. „Bei mir in der Redaktion haben wir Platz, kommen Sie."

Sie gingen schweigend die Knochenhauergasse hinunter, überquerten den Marktplatz und betraten das Gebäude des *Brammer Tageblatt* durch den Hintereingang. Im Hof herrschte einiger Trubel; Boten und Lieferwagen warteten auf die ersten Exemplare.

Dann saß sie in einem kleinen Zimmer, umgeben von Büchern, Zeitungen, Manuskripten, Matern und Plakaten, und Corzelius kochte Tee.

Katja hatte die Ellbogen auf die Tischplatte gestützt und ihr Gesicht in die Handflächen gebettet. Wieder das Gefühl von Schuld und Leere, wie vorhin. Sie kam sich vor wie eine Ehefrau, die an der Seite eines anderen ihren Mann verlassen hatte und nun zurückgekehrt war, enttäuscht, gebrochen und auf Vergebung hoffend.

Corzelius war verständnisvoll, spielte eine aus den Elementen Bruder, Beichtvater und Liebender feinfühlig gemischte Rolle.

Sie erzählte ihm alles.

Er stand auf, strich ihr über das Haar und drückte sie an sich.

„Ach, Katja!"

„Was meinst du, was soll ich machen? "

Für beide war das Du jetzt selbstverständlich.

Corzelius zuckte die Achseln. „Ich rufe erst mal im Krankenhaus an . . ."

Er tat es, und mit der Autorität eines einflußreichen Lokalreporters bekam er bald heraus, daß es um Lemmermann zum Glück nicht ganz so schlimm stand, wie es im ersten Augenblick ausgesehen hatte.

„Gehirnerschütterung, zwei Rippen gebrochen, Schnittwunden im Gesicht."

„Gott sei Dank!"

Ein kurzes Gespräch mit der Polizei ergab, daß Katja richtig gesehen hatte: unter Lemmermanns Wagen war ein Sprengkörper explodiert. Corzelius machte sich ein paar Notizen, sagte aber nichts dazu.

Er sah sie an. „Ist dir schon aufgefallen, daß Lemmermann den gleichen Wagen hat wie du? Einen Karmann Ghia, weinrot wie deiner und auch noch mit einer Berliner Nummer."

„Das ist kein Weinrot, das ist . . ."

„Im Dunkeln schwer zu unterscheiden."

Sie verstand, sie wurde blaß. „Du meinst . . .? "

„Wie ist deine Nummer? "

„B – DF 2472."

„Und seine ist . . ." Corzelius wühlte in seinen Zetteln. „Seine ist B – OF 2422 – aha! Das ist im Dunkeln kein großer Unterschied . . . Ganz klar: die wollten dich in die Luft jagen."

„Ein Irrtum also . . .? "

„Es spricht alles dafür."

„Aber Lemmermann hatte doch auch Feinde genug. Die Anschläge auf seinen Laden . . . Das sieht doch ganz nach Eskalation aus."

„Ja . . ." Corzelius nickte. „Ja, das hat auch einiges für sich. Aber irgendwie . . . Also, ich bin sicher, sie wollten dich treffen – frag mich nicht, wieso. Gefühlssache. Ja, und dann haben sie die Ladung aus Versehen unter Lemmermanns Wagen angebracht."

Katja hörte wieder die Stimme aus dem Telefon: . . . *verschwinden Sie aus Bramme! . . . diesmal . . . nur . . . Stein . . . beim nächstenmal . . . Kugel . . .* Es war kein großer Unterschied zwischen einem Geschoß und einer Sprengladung.

„Da will dich jemand mit aller Gewalt aus der Stadt vertreiben", sagte Corzelius. „Dein feiner Vater! Der muß furchtbare Angst davor haben, daß alles rauskommt. Ergo: er muß allerhand zu verlieren haben." Er überlegte einen Augenblick. „Was hältst du davon, wenn ich deine Story morgen im *Tageblatt* bringe und sehe, daß wir ein paar Zeugen mobilisieren – oder jedenfalls Leute, die uns Tips geben können? "

„Nach 23 Jahren? " Katja war skeptisch.

„Gerade. Die Zeit lockert die Zungen. Es mögen Leute darunter sein, die jetzt so fest im Sattel sitzen, daß sie nichts mehr zu befürchten haben, wenn sie reden. Und es werden andere da sein, die diesem oder jenem eines auswischen wollen. Es wird viel Gerede geben, und es wird in unserem Netz was hängenbleiben."

„Wenn nun die Polizei . . ."

„Die hat was anderes zu tun; außerdem wird's verjährt sein."

„Lassen wir lieber Gras über die Sache wachsen." Katja war müde, unendlich müde.

„Um ein Haar wäre Lemmermann draufgegangen – oder du. Der Mann, der das getan hat, ist gemeingefährlich; wir müssen ihm das Handwerk legen. Und das geht nur, wenn sich gewisse Leute an gewisse Begebenheiten erinnern, die über zwanzig Jahre zurückliegen. Je mehr Leute sich den Kopf zerbrechen, desto besser für uns. Die Story ist so attraktiv, daß *Bild* sie übernehmen wird."

Katja hatte einen Verdacht: „Dir geht's wohl darum, die Sache journalistisch auszuschlachten? "

„Auch, ja." Corzelius lächelte. „Was dem einen sein Lemmermann ist dem andern seine Karriere; jeder will maximieren."

Katja schwieg.

Corzelius streichelte ihre Hand. „Es ist auch das Beste für dich, glaub mir. Du darfst nicht weg aus Bramme; und wenn wir die Sache aufrühren, so richtig hochspielen, dann stehst du so im Mittelpunkt, daß es zu gefährlich ist, dich . . ." Er stockte.

„. . . zu ermorden, ja? "

„Katja!"

Sie erstarrte, blickte durch ihn hindurch.

„Was ist? " fragte Corzelius.

„Wenn nun . . . Wenn sich nun diese Bernharda die ganze Geschichte bloß ausgedacht hat? "

„Ausgedacht? Warum? "

„Was weiß ich — um sich interessant zu machen, um jemand reinzulegen, ihn moralisch zu erledigen . . ."

Corzelius sprang auf. „Komm, das läßt sich nachprüfen. Das Archiv ist gleich nebenan." Er zog sie vom Stuhl hoch. „Rechne mal zurück: Wann müßte es passiert sein? "

Sie waren schon auf dem Gang, als sie es heraushatte: „So um Mitte Juli 1949 herum."

„Okay!" Corzelius schloß die Tür zum Archiv auf.

Sie brauchten nicht lange zu suchen, dann hatten sie den Band *Brammer Tageblatt* 3/1949 in der Hand.

Corzelius schlug die vergilbten Seiten um; sie stand neben ihm und überflog gierig die Lokalseiten.

„Es ist in der Nacht vom Sonnabend zum Sonntag passiert, also müßte es in der Montagsausgabe stehen", sagte Katja.

„Na klar . . ."

4. Juli 1949 — nichts.

11. Juli 1949 — nichts.

18. Juli 1949 — nichts!

„Dann hat Bernharda also gelogen", sagte Katja. Sie sah Corzelius triumphierend an.

„Scheint mir auch so . . ." Er blätterte trotzdem weiter. „Sehen wir mal den 25. nach." Er las halblaut die Überschriften: „Demontagen fördern den Kommunismus . . . Dr. Kurt Schumacher (SPD) verhinderte Bildung eines Rheinbundstaates . . . Kritik an Bevins Außenpolitik . . . Internationale Fälscherbande ausgehoben . . ."

„Nun mach doch!"

„Immer mit der Ruhe und dann mit 'nem Ruck . . . Der Sportteil . . . Harry Saager gewann die Deutschlandfahrt . . . Und die letzte Seite . . . Hier! Na bitte!"

ÜBERFALL IM STADTPARK
Junge Frau Opfer eines Sittlichkeitsverbrechers / Täter entkommen

*Bramme, 25. 7. 1949. Eig.Ber. — In der Nacht zum Sonntag wur-
de die 19jährige Marianne M. aus Bramme von einem bisher unbe-
kannt gebliebenen Mann auf dem Nachhauseweg überfallen, zu
Boden geworfen und mißbraucht. Ihre Hilfeschreie blieben zunächst ungehört. Als ein Liebespaar, das sich auf einer Bank am
Schwarzen See aufgehalten hatte, herbeieilte, war es zu spät.
Während die Überfallene von einem Täter sprach, wollen der junge Mann und seine Freundin mindestens drei Personen gesehen
haben. Die Ermittlungen der Kriminalpolizei haben bisher zu keinem Ergebnis geführt. Wer am Sonnabend zwischen 22.00 Uhr
und 22.30 Uhr in der Nähe der Bismarck-Eiche im Stadtpark ver-
dächtige Personen wahrgenommen hat, wird gebeten, sich um-
gehend mit der nächsten Polizeidienststelle in Verbindung zu setzen.*

„Komm, trink was", sagte Corzelius.
Katja legte die Arme um seinen Hals und suchte einen Platz für ihren Kopf.

10

Kämena hatte Zahnschmerzen. Der sechste Zahn des rechten Unter-
kiefers spielte verrückt. Wahrscheinlich ein Granulom; er hatte sich gerade in seinem medizinischen Ratgeber informiert. Wenn es platzte,
wurde der Eiter mit seinen ganzen Bakteriengiften durch den Körper
geschwemmt und setzte sich dann irgendwo ab, in den Nieren vielleicht oder in der Leber. Bei ihm platzte das Dings bestimmt. Er hatte
schon zweimal zum Telefon gegriffen, um sich bei Dr. Armsen anzu-
melden, aber jedesmal den Mut verloren. Armsen war dafür bekannt,
daß er nicht viel von Zahnruinen hielt und lieber gleich zur Zange
griff.

Da war tatsächlich schon ein dummes Ziehen in der Nierengegend.
Also doch vereitert. Mein Gott, alle Welt war gesund, nur er war
dauernd krank!

Dabei hatte der Tag ganz gut angefangen. Endlich hatten sie den
Mann gefaßt, der seit Monaten Brammer Bürger, die mal schnell in
Bremen oder Hamburg im Eros-Center oder im Palais d'Amour waren,
mit anonymen Briefen an die Ehefrauen belästigte, der die Schutzmit-
tel-Automaten in den öffentlichen Bedürfnisanstalten zerstörte, der

den Brammer Gunstgewerblerinnen hinten an der Parkallee die Hand-
taschen mit dem Sündenlohn entriß und der in regelmäßigen Abständen Lemmermanns Schaufensterscheiben einschmiß und seine Auslagen in Brand steckte bzw. mit Kuhmist zudeckte.

Noch hatte der Sittenapostel nicht alles gestanden, aber Kriminalmeister Stoffregen klopfte schon, um den guten Menschen von Bramme zum zweiten Verhör vorzuführen.

„Ja, bitte . . .“

Ein Hinweis aus der Bevölkerung hatte zu seiner Festnahme geführt;
genauer gesagt, die heldenhafte Tat dreier Rocker, die — was sie natürlich nicht zugaben — hinter dem Pissoir am Wall auf Homosexuelle
gewartet hatten, um sie zusammenzuschlagen. Von ihrem Standort
hatten sie beobachtet, wie der Sittenapostel versucht hatte, den gelben Schutzmittelautomaten mit einer Brechstange von der Wand zu
lösen. Sie hatten ihn kurzerhand eingesperrt, hatten „Polizei! Polizei!“ gebrüllt und waren abgehauen . . . Der Herr Saubermann, wie
Stoffregen ihn nannte, hatte sich zwar befreien und in die Büsche
schlagen können, war aber heute früh an Hand seines zurückgelassenen
Wagens identifiziert und von Stoffregen am Arbeitsplatz festgenommen worden.

Kämena fand das alles nicht unflott.

Nun saß der Mann vor seinem Schreibtisch. Sah ganz normal aus,
nicht im geringsten ein Fanatiker. Ein bißchen ausgemergelt und
asketisch, ja, so ’n galliger Typ, aber da gab es Hunderte in Bramme,
die so ähnlich aussahen und an all dem Spaß hatten, was der da verdammte. Und Frau und Kinder hatte er auch, ganz geregeltes Ge-
schlechtsleben also. Da sollten sie mal einen Psychiater aus Hannover
herüberschicken. Der war doch gerade Mitte Dreißig, der konnte doch
noch.

„Daß wir uns unter diesen Umständen wiedersehen, Herr Magerkort . . .“ Kämena ließ den Satz in der Luft hängen und erkundigte
sich abrupt: „Sagen Sie mal, mußte das denn sein? “

„Ja!“ Magerkort, noch immer in seiner Postuniform, war alles andere als niedergeschlagen — im Gegenteil; er fühlte sich als Märtyrer und
Prophet und freute sich über die Publicity, die er nun für seine Sache
nutzen konnte. Seine Geständnisfreudigkeit war dementsprechend
groß. „Ich habe den Dirnen den Sündenlohn abgenommen und das
Geld der *Aktion Sorgenkind* überwiesen“, erklärte er voller Stolz auf
die entsprechende Frage des Kommissars. „Und natürlich bin ich einigen unserer . . . eh, unserer prominenten Herren nach Bremen und
Hannover gefolgt und habe sie beobachtet, wie sie Unzucht getrieben
haben.“

„Beobachtet? “ Kämena runzelte die Stirn. „Direkt beobachtet? “

„Ich habe beobachtet, wie sie in den Kontakthöfen und am Straßenrand mit den Dirnen . . ."

Kämena war wenig erfreut. Mensch, wenn der im Gerichtssaal Namen nennt!

„Die Briefe an die Ehefrauen sollten nur dazu dienen, daß die Männer zum Pfad der Tugend zurückfanden."

Diese Ausdrucksweise! Kämena blätterte in seinen Notizen und sah, daß Magerkort einer Sekte angehörte, als Laienprediger sogar. Er mißbilligte das. Man hatte, verdammt noch mal, in der Landeskirche zu sein, wie alle anderen . . . Kämena war nur froh, daß er nicht zu Bordellbesuchen neigte. Lust hatte er schon mal, aber die Ansteckungsgefahr . . .

Magerkort brüstete sich weiter mit seinen Taten. „Schreiben Sie ruhig auf, daß ich acht Schutzmittelautomaten unbrauchbar gemacht habe. Was in diesen Apparaten verkauft wird, fördert nur die Unzucht. Man kann ja seine Kinder nicht mehr in den öffentlichen Grünanlagen spielen lassen — überall liegen die Dinger rum."

Stoffregen feixte, und Kämena sah ihn böse an.

„Und Lemmermanns Sex-Shop?" fragte er.

„Da mußte mal jemand ein Fanal setzen, um die Bürger aufzurütteln!" Magerkort trat mit dem Fuß auf. „So geht das nicht mehr weiter mit der Verpornung unserer Sitten! Unsere Kultur und unsere Sittenordnung sind bedroht. Meine Kinder sollen sich ihr natürliches Schamgefühl bewahren."

Kämena sagte nicht viel dazu, so unrecht hatte der Mann weiß Gott nicht. Aber wo kamen wir hin, wenn jeder auf diese Art und Weise für eine saubere Welt kämpfte. Wozu hatten wir einen Rechtsstaat!

„Die Auslagen bei Herrn Lemmermann verletzen das sittliche Empfinden jedes aufrechten Bürgers", sagte Magerkort mit Überzeugung. „Der Mann muß aus Bramme verschwinden!"

„Und deswegen haben Sie heute nacht seinen Wagen in die Luft gesprengt?" hakte Stoffregen nach.

„Nein. Aber ich gratuliere dem, der es getan hat. Das ist ja die einzige Möglichkeit, um . . ."

„Wir haben Chemiebücher bei Ihnen gefunden."

„Die gehören meinem Sohn."

„Wir haben Schwarzpulver bei Ihnen gefunden."

„Das hat sich mein Sohn angefertigt."

Stoffregen lächelte. „Wie alt ist denn Ihr Sohn?"

„Fast siebzehn . . ."

„Dann hat er Sie wohl auch in den Central-Lichtspielen überfallen, was?"

„Wieso? Das war doch . . ."

„Ich will Ihnen mal was sagen, Herr Magerkort: Das haben Sie vorgetäuscht, weil Pornos in der Post waren, die Sie austragen sollten."

„Da waren keine bei!" Magerkort schien zu bedauern, nicht von sich aus auf diese Möglichkeit gekommen zu sein.

Kämena mischte sich ein. „Wo waren Sie gestern abend zwischen zehn und elf? "

„Da bin ich durch die Stadt gefahren, um . . ."

„Um . . .? "

„. . . um Automaten zu zerstören."

Kämena vergaß seine Zahnschmerzen. „Da sind Sie nicht zufällig durch die Knochenhauergasse gefahren? "

„Wieso? "

„Weil dort Fräulein Marciniak um ein Haar von einem Wagen zerquetscht worden wäre. Von einem alten Borgward. Von *Ihrem* alten Borgward!" Es war ein Schuß ins Blaue; Katja hatte ja nichts erkennen können. Aber Magerkort besaß einen alten Borgward.

Magerkort wurde bleich. „Nein!"

Stoffregen bohrte weiter: „Sie kennen Fräulein Marciniak — sie wohnt in der Pension Ihrer Schwester, und Sie bringen ihr die Post. Für Sie ist Fräulein Marciniak noch schlimmer als Helmut Lemmermann: eine Soziologin, die links ist und das propagiert, was Sie verdammen . . . Da haben Sie eine zweite Front eröffnet, stimmt's? "

„Nein!" schrie Magerkort.

„Wann hat denn heute früh Ihr Dienst angefangen? "

Magerkort war ziemlich durcheinander, mußte ein paar Sekunden lang überlegen. „Viertel nach fünf."

„Na bitte!" rief Kämena. „Da konnten Sie vorher noch in der Knochenhauergasse vorbeifahren und Fräulein Marciniak die Scheibe einwerfen. Das hatten sie ja bei Lemmermann zur Genüge geübt."

„Die Scheibe, die Sie dann Ihrer Schwester für einen Zehn-Mark-Schein wieder einsetzen konnten, um Geld für Ihre Fische zu haben", fügte Stoffregen hinzu. Dieser Magerkort ging ihm auf die Nerven.

Magerkort resignierte fast. „Ich war's nicht, aber ich nehm's auch auf mich, wenn diese rote Hure endlich aus Bramme verschwindet — mitsamt den anderen Anarchisten, die uns hier für den Osten ausspionieren wollen."

„Rote Hure . . ." Stoffregen nickte Kämena zu. „Wie in dem Anruf heute früh."

„Alles muß seine Grenzen haben", sagte Kämena, während er mit der Zungenspitze den schmerzenden Zahn befühlte. „Und darum werden wir Sie so lange auf kleiner Flamme garkochen, bis Sie ein volles Geständnis abgelegt haben."

Magerkort war nicht mehr weit davon entfernt.

11

Von der Matthäi-Kirche schlug es zehn. Katja hatte von Frau Meyerdierks die Erlaubnis zum Telefonieren erhalten und sprach mit Biebusch.

„Ich fühle mich nicht wohl — Sie wissen ja, was heute nacht hier los
war . . ." Sehr unglücklich formuliert, darum ein schneller Zusatz:
„Der Wagen von Herrn Lemmermann . . . vor meiner Tür . . ." Was
geht den überhaupt mein Privatleben an, dachte sie wütend.

„Es muß schwer für Sie sein, ja . . ."

„Was muß schwer sein? "

„Na, die Geschichte 1949."

„Das hat sich also auch schon rumgesprochen? "

Biebusch zögerte einen Augenblick. „Lankenau hat es mir erzählt,
und der weiß es wohl aus der Zeitungsredaktion."

„Ist ja auch kein Geheimnis."

„Haben Sie denn schon einen Verdacht? "

„Lemmermann ist es jedenfalls nicht."

Biebusch hatte gar nichts begriffen. „Wieso? "

„Nun . . ."

Biebusch schien verärgert. „Wir sehen uns dann um eins zum Mittagessen im *Wespennest.*"

„Ist recht."

Sie legte auf und dachte: Fachidiot! Zu weiteren Schmähungen kam
sie nicht, denn neben ihr schrillte das Telefon. Um Frau Meyerdierks
zu ärgern, nahm sie den Hörer hoch und meldete sich mit: „Grand-
hotel Meyerdierks!"

„Hat es Lemmermann wegen dort verlebten schönen Stunden aufge-
kauft und aufgestockt? "

Corzelius!

Katja konnte nicht sogleich antworten, weil Frau Meyerdierks her-
beistürmte.

„Für mich? "

„Nein, zufällig für mich!"

Frau Meyerdierks zog sich beleidigt zurück. So einen Ton konnte sie
nicht ab; da war sie wie angefaßt, wie sie oft und gern im heimatlichen
Idiom zu versichern pflegte. Sie ließ die Küchentür einen Spalt weit
offen.

„Hallo, bist du noch da? "

Sie gab sich formell, war wieder etwas hineingeschlüpft ins Schnek
kenhaus. „Es ist unmöglich, von Corzelius nicht gefesselt zu sein."

„Danke! Vielleicht ergibt sich's mal, daß ich dich entfesselt kennen-
lerne."

Sie kam ihm zuvor. „Mach doch einen Sex-Shop auf."

„Wozu? Ich werde dich schon irgendwie auf die Idee bringen, ich könnte dein Vater sein. Dann kommt automatisch der Katja-Marciniak-Test zur Feststellung der Vaterschaft — spart jedes erbbiologische Gutachten . . ."

Darauf wußte sie zunächst nichts zu erwidern, dann klang es ein wenig aggressiv: „Ein pfiffiges Kerlchen, dieser Corzelius; der landet noch mal beim *Spiegel*."

„Zur Sache, Katja . . . Weshalb ich anrufe: So schön sie ist, deine Story — sie wird nicht ins *Brammer Tageblatt* kommen."

„Wieso denn das? "

„Trey mag dich. Er will nicht, daß die ganze Stadt mit Fingern auf dich zeigt . . . Außerdem will er vermeiden, daß nach dem Lemmermann-Attentat noch mehr Emotionen aufgerührt werden. Ein bißchen ist für Buth und ihn ganz schön, aber wenn's überschwappt, dann kann Lankenau sie als Spießer und Pharisäer hinstellen und sagen: Warum ist das so? Doch nur, weil die Gesellschaftsordnung, die ihr verteidigt, von Grund auf faul ist . . . Darum bremsen sie jetzt und wollen keinen zweiten Skandal."

Katja nahm es ziemlich gelassen hin; sie hatte eigentlich mit etwas Derartigem gerechnet. „Es wird sich auch so rumsprechen . . . Vielleicht meldet sich doch der eine oder andere, der mir weiterhelfen könnte." Sie ärgerte sich darüber, wie reserviert sie mit Corzelius sprach. Aber sie konnte nicht dagegen ankommen. Er machte sie unsicher. Sie war sich noch immer nicht im klaren, ob sie ihm trauen durfte. „Schönen Tag noch!"

„Moment mal . . ." Corzelius sprach ein paar Worte am Hörer vorbei; dann: „Du, ich muß zu Trey. Bis später!"

Sie legte auf. Netter Kerl. Schade, daß sie ihn in Bramme kennengelernt hatte.

Sie war todmüde, kein Wunder, aber sie wußte, daß sie ohne eine starke Dosis Schlaftabletten keine Ruhe finden würde. Es war alles zu aufgewühlt. Sie hatte Schlaftabletten, aber sie fürchtete sich vor ihnen. Nahm sie welche, war sie wehrlos. Nur wenn sie wach blieb, konnte sie reagieren; schlief sie, war sie allem hilflos ausgeliefert. Außerdem, wenn sie das Bett auch nur ansah . . . Jetzt lag er in einem anderen Bett. Wahrscheinlich hatte er Schmerzen.

Ihr wurde übel; sie schluckte heftig, um den Brechreiz zu unterdrücken. Wie lange ließ sich das noch durchhalten? Sie ließ sich in den Sessel fallen, legte die Beine aufs Bett, lehnte sich weit zurück, bis der Kopf auf der Lehne lag.

Was tun?

Sollte sie kämpfen?

Wer war ihr Vater, wenn es Lemmermann nicht war? Was hatte sie davon, wenn sie ihn kannte? Er war ja nur biologisch ihr Vater, nicht im sozialen Sinne. Konnte sie es eigentlich verantworten, ihn zu finden und bloßzustellen? Wenn er wirklich noch in Bramme lebte, war er erledigt; gleichviel, ob er zu den Honoratioren zählte oder zur Unterschicht. Notzuchtverbrechen tolertiert keiner; mögen sie auch Jahrzehnte zurückliegen. Der Mann hatte das Leben ihrer Mutter zerstört, aber ohne seine Schuld gäbe es keine Katja Marciniak.

Sollte sie ihm dankbar sein?

Bernharda Behrens hatte sie aufhetzen wollen. Sie wollte den Skandal, um sich an der Stadt zu rächen, die sie als Mannweib abtat; bestenfalls wollte sie die Freundin rächen. Aber ihr Motiv hieß Rache. Katja fand das legitim und zweifelhaft zugleich.

Was hatte sie davon, wenn sie ihren . . . Nun ja: Erzeuger fand? Sie konnte Erbansprüche geltend machen, sicher. Aber wenn er nun ein armer Teufel war? Sie konnte einigen Wirbel machen, schön. Aber was hatte sie davon? Die Fragwürdigkeit der bürgerlichen Gesellschaftsordnung brauchte nicht extra bewiesen zu werden. Also . . .? Nun, sie konnte vielleicht Aufschlüsse darüber gewinnen, warum sie so war, wie sie war. Aber war es nicht besser für sie, wenn da einiges im Dunkeln blieb? Sie konnte der Sache der Gerechtigkeit dienen. Aber war es denn in ihrem Sinn, wenn sie neue Law-and-Order-Geister auf den Plan rief? Sie konnte ihre Mutter rächen. Aber was hatte die davon?

Dennoch . . .

Was reizte sie also?

Wenn die Attacken auf sie nun doch von diesem Mann ausgingen und nicht von dem Fanatiker, der Lemmermann aufs Korn genommen hatte, diesem Saubermann da? Dann war doch zu vermuten, daß er furchtbar viel zu verlieren hatte, also weit oben stand . . .

Dann war weitermachen erst recht ein Spiel mit dem Feuer.

Und gerade das, fand sie, gab dem Leben einen Sinn. Mehr Sinn jedenfalls als das Streben nach Diplomen, Posten und Karriere . . . Ganz abgesehen vom intellektuellen Aspekt des Ganzen, von der Versuchung der Logik, von ihrer Mentalität des Rätsellösers und des Krimilesers: Wie ist die richtige Lösung? Wer ist der Täter? Das war wohl archetypisch am Menschen; er war eben ein homo detectivus.

Ich will ihn sehen. Ich will mit ihm sprechen . . . Sie wollte ihn nicht erpressen, nicht bloßstellen, nicht strafen; nur kennenlernen wollte sie ihn.

Und da war auch die wissenschaftliche Neugier: Warum hat er es getan? Wie hat er es verarbeitet? Wie reagiert er auf mich? Vielleicht konnte sie eine Fall-Studie daraus machen, wenn sie mit einem Tiefenpsychologen zusammenarbeiten würde . . . Kam wohl auch hinzu — sie gestand es sich ein —, daß sie interessanter wurde, daß sie mit dieser Story Mittelpunkt aller Gespräche und Parties wurde, Profil gewann, Farbe bekam, gleichsam Forschungsobjekt für andere wurde.

Das alles sprach dafür, in Bramme zu bleiben und die Suche ganz systematisch zu beginnen.

Nun gerade!

Sie war eben ein wenig eingenickt, als es draußen schellte. Sie schreckte hoch und ärgerte sich; wieder einer dieser Vertreter, die Frau Meyerdierks einen Superstaubsauger oder eine neue Geschirrspülmaschine andrehen wollten. Oder ein neuer Gast. Noch einer, der die Toilette blockierte. Zu vernehmen war nur ein undeutliches Stimmengewirr.

Sie wälzte den Kopf auf die linke Seite und fiel wieder in ihren Dämmerzustand. Aber diese Kopfschmerzen!

Sie stand auf, ließ eine Tablette aus dem blau-weißen Röhrchen in ihr Zahnputzglas gleiten, füllte Wasser auf, schüttelte das Glas, um die Tablette aufzulösen, und trank die milchige Flüssigkeit. Brrr! Aber NEDO-Med half ihr meistens. Wenn's schlecht dir geht, nimm NEDO-Med.

Es klopfte.

Nanu!? Corzelius? Biebusch?

Sie steckte die Bluse in den Rock, schlüpfte in die Sandalen, strich die Haare glatt. „Ja, bitte . . .“

Frau Meyerdierks klinkte die Tür auf; Katja sah einen untersetzten Mann im grauen Flanell: breites Gesicht, hervorstehende Backenknochen, etwas abgeplattete Nase, glänzend schwarze Haare mit grauen Strähnen darin.

Er kam ihr bekannt vor. Einer aus Bramme, er war ihr schon öfter begegnet . . . Richtig: im *Wespennest*. Der Hotelchef. Der Wahlkampfmanager.

Da sagte Frau Meyerdierks auch schon: „Herr Kossack hätte Sie gern gesprochen . . .“

Kossack, richtig. Der hatte ja Lankenau zur Tür begleitet. Jetzt bei Tage sah er ganz anders aus als im vornehm abgedunkelten *Wespennest*. Das war doch der Idiot, der ihr das mit den Baader-Meinhof-Leuten angedichtet hatte. Blödmann!

Sie war eisig. „Um was geht es?“

Kossack sah Frau Meyerdierks an: „Wenn wir vielleicht . . .“

Frau Meyerdierks war pikiert. Katja sah ihr an, daß sie sagen wollte: *Dies hier ist kein Stundenhotel!* Sie hatte das mit Lemmermann mitbekommen, nun hielt sie Kosack für den nächsten . . . Der gute Ruf! Katja schluckte eine patzige Bemerkung herunter: *Schalten Sie doch die Wechselsprechanlage ein, dann kriegen Sie alles mit* . . . Aber sie unterließ es. Frau Meyerdierks zog sich gekränkt zurück. Katja schloß die Tür hinter ihr.

Kossack hatte seine Aktentasche auf den Tisch gestellt. Er besah sich das gezackte Loch in der Fensterscheibe, wischte sich den Schweiß von der Stirn, rückte den Knoten seiner orangeroten Krawatte zurecht, räusperte sich und wußte nicht, wohin mit seinen Händen.

Katja merkte sofort, daß er nicht als starker Mann gekommen war; eher sah er verlegen aus, fast schon jämmerlich . . . Nanu?

,,Geht's schnell oder wollen Sie sich setzen? " fragte sie kühl.

,,Ich möchte schon gerne . . .'' Kossack zog sich einen der wackligen Stühle zurecht und setzte sich vorsichtig hin.

Katja kehrte zu ihrem Sessel zurück, ließ sich langsam hineingleiten, schlug die Beine übereinander, gab sich hochmütig und machte auf Dame, was Kossack noch mehr verunsicherte.

,,Worum dreht sich's denn? " fragte sie.

Kossack holte tief Luft, versuchte ein Lächeln, das mißglückte, und hatte Mühe, den Verschluß seiner Aktentasche zu öffnen; irgendwie hatten sich die Messingteile verklemmt. Er wirkte auf sie wie ein abgehalfterter Zauberkünstler, der beim letzten Zirkusdirektor vorspricht und mit einem uralten Trick imponieren will . . . Aber dann zauberte er nur ein Bündel Briefe aus der Aktentasche; zwei Dutzend vielleicht.

Die Briefe vielleicht, die man Magerkort gestohlen hatte?

,,Sie werden vieles nicht verstehen . . .'' begann Kossack.

Womit er recht hatte. Was für eine sanfte, wohlklingende Stimme! Gar nicht norddeutsch, gar nicht Bramme.

,,Ich habe mit Herrn Dr. Trey gesprochen'', fuhr er fort, machte aber sogleich wieder eine kleine Pause, suchte nach Worten, hätte wohl gerne was getrunken.

Katja tat nichts, um ihn aufzumuntern. Sie war nicht einmal gespannt. In den letzten Tagen hatte es soviel Spannung gegeben; sie konnte keine mehr aktivieren.

Ihr leerer Blick schien Kossack noch stärker zu irritieren. ,,Wie gesagt, ich habe mit Dr. Trey gesprochen, dem Chefredakteur vom *Brammer Tageblatt* . . . Aber das werden Sie ja wissen. Und —'' er sah zur Decke — ,,und Dr. Trey hatte vorher mit Herrn Corzelius ge . . . hatte vorher eine Unterredung mit Herrn Corzelius . . . Daher weiß ich, daß Sie alles wissen . . .''

,,Was weiß ich? " fragte Katja, obwohl es auf der Hand lag.

,,Mit Ihrer Geburt . . .''

,,Geburt? Wieso . . .? "

,,Ich meine . . . das davor.'' Zum erstenmal sah er sie an.

,,Ach so.''

Er unternahm einen weiteren Anlauf: „Nicht, daß Sie denken . . .
Ich will Ihnen helfen!"

„Sie meinen die . . . Sagen wir, die Anschläge auf mich? "

„Ja."

„Das haben Sie doch alles mit Ihrer Hetze provoziert, oder? "

„Es tut mir leid", sagte Kossack leise. „Ich mußte tun, was . . . Na
ja."

Katja blieb mißtrauisch. Was hatte er vor? Sollte sie ‚umgedreht'
werden, sollte sie für Kossacks Leute ausspionieren, was Biebusch vor-
hatte?

„Lesen Sie bitte mal die Briefe hier", sagte Kossack und schob ihr
das Bündel zu.

Katja stutzte. Wenn man genauer hinsah: altes, vergilbtes Papier. Das
konnten unmöglich Magerkorts Briefe sein . . . Aha! Jetzt dämmerte
es ihr. „Da steht drin, wer's ist, was? "

Kossack verstand sie offenbar nicht genau.

„Na, wer's war; wer meine Mutter . . ."

Kossack breitete die Handflächen aus, hob leicht die Schultern. „So
kann man's nicht sagen, Fräulein Marciniak . . ."

Sein unsicheres Lächeln ärgerte sie; sie fuhr ihn an: „Zeigen Sie
schon her!"

Dann knüpfte sie das blaue Bändchen auf, das die Briefe zusammen-
hielt.

Nachkriegspapier, mit kleinen Holzspänen durchsetzt. Alte Marken,
daneben kleine blaue Märkchen: Notopfer Berlin . . . Gott, war das
Porto billig damals! Stempel von 1948 und 1949. Sie las die Adressen:

> Herrn
> Eberhard Kossack
> Bremen
> Auf den Häfen 23

Immer dasselbe, wie auch der Absender:

> Marianne Marciniak
> Bramme
> Bürgermeister-Büssenschütt-Allee 112

Jetzt fiel bei ihr der Groschen.

Kossack, der Jugendfreund ihrer Mutter, erlebt, wie sie gewaltsam
geschwängert wird und ein Kind zur Welt bringen muß, das er zeitlebens verabscheuen muß. Sie hofft, daß er sie trotz dieses Kindes heira-
tet, doch für ihn ist sie besudelt, unrein, nicht mehr als Ehefrau

brauchbar, eine Zumutung für anständige Menschen. Es kommt zum Bruch. Als nun 22 Jahre später dieses Kind in Gestalt der Katja Marciniak wieder auftaucht, fühlt er seine Schuld und will sehen, wie er seine Vergangenheit am besten bewältigen kann.

Sie zupft den ersten Bogen, rosa Papier, aus dem damals hastig aufgerissenen Umschlag. Dünn die königsblaue Tinte, breit der Füller, unregelmäßig die Schrift . . . Sie muß furchtbar nervös gewesen sein, drei Jahre jünger als ich, als sie das geschrieben hat. Sie muß mir ähnlich gewesen sein . . . Stark vereinfacht die Schrift, das *und* war nur ein langgezogener waagerechter Strich mit einem kurzen, vertikalen Strich dahinter. Die einzelnen Buchstaben waren vielfach variiert. Eine interessante Frau, eine Persönlichkeit. Sie muß viel geschrieben haben.

Sie beneidete Kossack. Er hatte sie gekannt, erlebt, geliebt; er wußte, wer sie war, wie sie war; sie selbst besaß nur dunkle Erinnerungen; Bilder, die genausogut von der Großmutter vermittelt sein konnten.

Kossack war ebenso nervös wie sie, spielte mit seinem goldenen Feuerzeug.

Katja konzentrierte sich auf die Briefe. Hier mußte stehen, wer ihr Vater war, wer ihre Mutter überfallen hatte. Weshalb sollte Kossack sonst gekommen sein? Ob er beauftragt worden war, sich ihr Schweigen zu erkaufen?

Sie überflog einen Brief nach dem andern, bildete, auf analytisches Denken gedrillt, sofort Kategorien.

Politisches: . . . *freue mich von ganzem Herzen, daß unsere Verwandten in Berlin nun wieder freier leben können und die schlimme Zeit der Blockade überstanden haben* . . . Später ist sie nach Berlin geflüchtet.

Berufliches: . . . *dann an der Universität in Göttingen Geschichte, Germanistik und Geographie studieren und Studienrätin werden* . . . Studienrätin? Paßt gar nicht so zu ihr. Ich hätte mich eher aufgehängt, als daß ich . . . *Was machen wir aber mit Dir, mein armer Hardy? Du solltest eine Hotelfachschule besuchen und Sprachen lernen* . . .

Klatschhaftes: . . . *Denk Dir nur, Bernharda wird von einem jungen Richter angehimmelt, der bei Großvater Nachhilfeunterricht in Wirtschaftsrecht nimmt* . . .

Erotisches: . . . *vor dem Einschlafen liege ich noch wach und spüre Deine Hände* . . . Na so was! Wo denn?

Sentimentales: . . . *was ist schon ein Weihnachtsfest ohne Dich, mein süßer Zottelbär, mein kleiner Mandarin! Mutter hat mir einen Pelzmantel geschenkt, denk nur! Aber ich habe trotzdem geweint. Sie geben nicht nach. Es ist furchtbar! Aber es ist auch schön. Ich habe*

immer gedacht, wie es wäre, wenn erst einmal unser Sohn den Tan-
nenbaum sehen könnte. Wenn er Deine dunklen Augen hätte . . . Ach
du grüne Neune!

Sexuelles: *. . . habe zum Glück keine Beschwerden mehr, so daß der*
schreckliche Gang zum Gynäkologen nicht not tut. Gott sei Dank!
Dir, mein kleiner Tenno, bin ich in keiner Weise böse!!! . . . Hat sie
also mit ihm geschlafen. Mit neunzehn. Ganz schön für damals. Gerade ein Jahr später als ich . . .

Lyrisches: *. . . habe ich Dir ein Gedicht von Novalis — das haben wir*
beide von Großmutter! — beigelegt, über das ich einen Vortrag halten
muß. Was für Dich bestimmt ist, habe ich dick unterstrichen . . .

Wenige wissen
Das Geheimnis der Liebe,
Fühlen Unersättlichkeit
Und ewigen Durst.

Verabredungen: *. . . Ich werde um 13 Uhr am Bahnhof auf Dich*
warten, mein exotischer Prinz! Dann . . .

Eltern: *. . . Vater läßt nicht mit sich reden, Mutti kann nicht anders*
als ihm beizupflichten. Beide haben sie Angst vor dem Augenblick, wo
ich volljährig werde und reden dauernd von Enterbung. Vater sagt, er
habe nicht sein ganzes Leben lang . . . um dann . . . Er kennt Dich ja
nicht! . . . Was hat er bloß gegen Kossack gehabt? Großmutter hat nie
was von Kossack erzählt, komisch, Großvater auch nicht.

Bramme: *. . . Du wirst Bramme nicht mehr wiedererkennen, der*
Ostflügel des Rathauses ist jetzt wieder aufgebaut. Unsere Klasse hatte
vor zwei Jahren beim Enttrümmern geholfen . . . Wie volksverbunden!

Unterricht: *. . . in Latein leider nur eine IV geschrieben, dafür aber*
in Mathe eine II und in Englisch sogar eine I —. Da werde ich Dir
später gut helfen können . . . Das könnten meine Zensuren sein.

Katja hatte Kossack während der flüchtigen Lektüre vollkommen
vergessen. Fast erschrak sie, als sie ihn jetzt in anderthalb Meter Ent-
fernung sitzen sah. Mit der Festlegung ihrer Prämisse, Kossack habe
ihre Mutter damals verlassen und versuche nun, nach anfänglicher Verwirrung über ihr Auftauchen, eine Art Wiedergutmachung zu leisten —
damit hatte sie ihre Gedanken in eine ganz bestimmte Richtung pro-
grammiert, so daß sie jetzt automatisch ein reumütiges Geständnis von
ihm erwartete und anschließend die Frage, was er für sie tun könne.

Aber Kossack lächelte ihr nur freundlich-aufmunternd zu.

Das irritierte sie. War er vielleicht gekommen, um ihr die Briefe zu
verkaufen? Wenn ihr Erzeuger ein reicher und angesehener Mann war
und diese Briefe einen Hinweis auf ihn als Täter enthielten, einen Be-

weis womöglich, dann konnten sie ein kleines Vermögen wert sein. Wollte Kossack nur das Geld für die Briefe, oder wollte er mit ihrer Hilfe jemand erpressen?

Er lächelte nur geheimnisvoll.

Sie wurde nun ungeduldig. „Wo steht denn nun der Hinweis auf den Täter? "

„Es gibt keinen Täter . . ." Er betonte den Satz ganz merkwürdig.

„. . . kei*nen* Täter, so. Also waren es mehrere? "

„Ach, wissen Sie . . . Es war alles ganz anders . . ."

„Herrgott, nun reden Sie doch endlich!"

Kossack starrte auf seine Schuhspitzen, zögerte. Dann: „Ich bin Ihr Vater."

Katjas Herzschlag setzte aus. Mein Gott! Dieser . . . Sie hatte Angst vor ihm. Sie wollte schreien. „Dann haben Sie . . .? " würgte sie hervor.

„Nein, nein!"

„Wie denn . . .? "

„Verstehen Sie . . . Verstehst du denn nicht? " Er wies auf die Briefe.

„Sie hatten ein Verhältnis mit ihr, und dann kam der Überfall, bei dem sie . . ."

„Es hat nie einen Überfall gegeben!"

Katja fiel das Atmen schwer; in ihren Schläfen hämmerte das Blut. „Ich hab doch selbst in der Zeitung . . ."

„Das hatten wir uns ausgedacht . . ."

„Was!? "

„. . . deine Mutter und ich. Das war die einzige Möglichkeit, die wir hatten."

Katja nahm die Briefe abermals zur Hand, blätterte sie durch, fand auch Zeilen, die Kossacks Behauptung bestätigten. Hier: . . . *wenn ich wirklich ein Kind von Dir erwarte, müssen wir uns etwas einfallen lassen* . . . Oder hier: . . . *wenn Vater erfährt, was passiert ist, schickt er mich sonstwo hin. Diese Schande würde er nicht überleben. Und Mutti mit ihrem Herzleiden* . . .

Kossack war also ihr Vater. Eberhard Kossack, Hoteldirektor in Bramme und Parteifunktionär . . . Was sollte sie nun tun? Ihm um den Hals fallen? Was tat man in solchen Situationen?

Er schien es noch viel weniger zu wissen.

So fragte sie erst einmal: „Warum hast . . ." Das Du wollte ihr nicht über die Lippen, und sie formulierte ihren Satz anders: „Warum waren denn meine Großeltern so dagegen? "

„Hier . . ." Stöhnend zog Kossack eine Reihe von vergilbten, ziemlich zerknitterten und an den Kanten eingerissenen Bescheinigungen aus der Tasche. „Bitte . . ."

106

DIN-A 5-Formulare mit rundgotischen Schriftzeichen, noch im Dritten Reich gedruckt. Bescheinigungen über Entlassungen aus diversen Haftanstalten: Oslebshausen, Fuhlsbüttel, Tegel . . . Der letzte Schein war am 15. Mai 1948 datiert.

Jetzt verstand sie alles. „Und das, wo Großvater ein preußischer Oberstaatsanwalt war, so richtig vom alten Schrot und Korn . . .“

„. . . und deine Großmutter nur zwei Arten von Menschen kannte: Akademiker und Untermenschen!“

Sie hatte Mitleid mit ihm und sagte schnell: „Ja, die Nachkriegsjahre . . .“

Er nahm es dankbar auf. „Ich hatte nichts gelernt; gleich von der Schulbank weg eingezogen . . .“

Sie nahm kaum auf, was er sagte; sie schaute ihn nur an und suchte in seinem Gesicht nach Zügen, die sich auch in ihrem fanden. Die Lippen vielleicht, die Stirn . . . Aber sie kam ja stark nach ihrer Großmutter. Das dunkle Haar wohl. Und auch die zarte, getönte Haut . . .

„. . . einundzwanzig, als ich aus amerikanischer Gefangenschaft entlassen wurde, Ende 45. Nichts gelernt, die Eltern bei einem der letzten Angriffe auf Bramme verschüttet und tot geborgen; nichts im Magen, kein Geld in der Tasche, kein Zuhause, keinen Beruf . . . Da ist es eben passiert – in Bremen, in Berlin und in Hamburg. Wir haben ein bißchen geschoben, ein paar Überfälle, ein halbes Dutzend Einbrüche; das kam schnell zusammen. Dein Großvater, der wußte das natürlich . . . Der hat ja in Bremen gearbeitet und die Akten auf den Tisch bekommen . . .“

Katja nickte nur.

„. . . im Sommer 48 hat dann der alte Buth ein Herz gehabt und hat mich als Hausdiener eingestellt. Von da ab hab ich mich hochgearbeitet.“

Katja lächelte ihn an. „Es bleibt alles unter uns. Und außerdem ist Lankenau viel zu anständig, um daraus politisches Kapital zu schlagen.“

Kossack stand auf. „Es wird schon alles gut werden. Meine Frau weiß alles, sie erwartet dich zum Essen . . .“

„Hab ich eigentlich auch . . . Geschwister? Einen Halbbruder oder so?“

„Nein, leider . . . Aber deswegen freut sie sich um so mehr auf dich.“

Katja wehrte sich zwar dagegen, aber als Kossack nun sanft den Arm um ihre Schulter legte, hatte sie doch Tränen in den Augen. Warum auch nicht? Jetzt war alles überstanden; ein neues Kapitel begann.

12

Im Sommerhalbjahr trainierten die Leichtathleten des TSV Bramme jeden Freitagabend von sechs bis neun im Stadion unten am Fluß. Allerdings hatte ihr eifriges Üben bislang kaum Früchte getragen, denn seit Bestehen des Vereins war es noch keinem Athleten gelungen, sich in den Bestenlisten des DLV zu verewigen. Ziel der meisten Läufer, Sprinter und Techniker war es, bei den Kreismeisterschaften in Endlauf oder Endkampf vorzustoßen und im *Brammer Tageblatt* in unmittelbarer Nähe von Uwe Beyer oder Harald Norpoth namentlich erwähnt zu werden. Zur Hälfte allerdings bestand die Leichtathletikabteilung aus ‚passiven Aktiven‘, das heißt aus Erwachsenen, die nur mal so ein bißchen liefen und sprangen und nachher in der rechten Ecke des Platzes Fußball spielten.

Als solche Trimm-dich-fit-Aktive hatten auch Günther Buth und Jens-Uwe Wätjen zu gelten, wobei Buth als Mäzen des TSV und Wätjen als sein 2. Vorsitzender eine besondere Stellung einnahmen.

Auch heute wieder drehten sie in weinroten Trainingsanzügen ihre Runden, wichen Sprintern aus, blieben beim Hochsprung stehen, wo sich Heike und Antje, beide 18 und langbeinig, an 1,40 versuchten, schleuderten mal einen Speer zurück und mal einen Diskus, riefen diesem und jenem etwas Scherzhaftes zu und liefen hin und wieder zwanzig bis dreißig Meter in einem annehmbaren 14,0-Tempo.

Wätjen stoppte und zeigte zur Eingangskurve: „Du, steht da nicht Trey am Gitter? "

Buth kniff die Augen zusammen. „Stimmt. Er winkt sogar . . . Los, komm!"

„Hoffentlich ist nichts."

„Ach wo."

Sie trabten los.

Trey begrüßte sie mürrisch. Das lag nach seiner eigenen Aussage vor allem daran, daß er zu einer Veranstaltung des Bauernverbandes nach Oldenburg fahren mußte, über die letzten EWG-Tagungen in Brüssel aber nur in groben Umrissen informiert war.

Wätjen gähnte. „Was macht denn unser junger Vater? "

Trey steckte sein Notizbuch wieder ein. „Sie feiern noch immer; jetzt bei Kossack zu Hause."

„Ich wußte ja, daß sich Kossack schon immer eine Tochter gewünscht hat", lachte Buth. „Nun hat er sie — und noch ein paar Tausend-Mark-Scheine dazu . . ."

„Corzelius schreibt gerade eine zu Herzen gehende Geschichte fürs *Tageblatt*", sagte Trey. „Dabei wird er unter anderem auch betonen, daß Marianne Marciniak im Jahr 51 Kossack mitgeteilt hat, die Tochter wäre an Lungenentzündung . . .“

„. . . gestorben, ja. So daß Kossacks politische Karriere nicht gefähr-
det ist und wir keine Stimmenverluste haben“, ergänzte Buth. „Seine
Vorstrafen werden heute auch keine negativen Folgen haben — über
nichts ist der gute Bürger froher, als wenn ein Saulus zum Paulus geworden ist, was er selber gar nicht nötig gehabt hat . . .“

„Gott sei Dank, daß alles überstanden ist!“ rief Wätjen. „Ich glaube,
meine Frau hätte sich trotz der beiden Kinder scheiden lassen!

„Jens-Uwe, der treue Familienvater!“ spottete Buth. Er selbst lebte
getrennt von seiner Frau; da gab es keine Probleme.

Wätjen sah Trey an. „Ich möchte mal wissen, was deine Frau gemacht hätte . . . Du zitterst ja schon vor Sieglinde, wenn du mal mit
deiner Sekretärin nach Bremen fahren mußt!“

„Kümmere du dich mal um deinen eigenen Kram! Du hättest man
lieber aufpassen sollen! Das war doch eine idiotische Idee — ihren Wagen in die Luft zu sprengen! Einfach hirnverbrannt! Und dann auch
noch den falschen . . .“

Wätjen fiel ihm ins Wort. „Es war so dunkel, daß . . .“ Er suchte
vergeblich nach Worten. „Lemmermann lebt ja noch.“

„Und wenn dich nun einer gesehen hat? “

„Mich hat keiner gesehen.“

„Mit Kanonen auf Spatzen!“ Trey schlug sich mit der flachen Hand
gegen die Stirn.

„Das sollte ein Schreckschuß sein“, verteidigte sich Wätjen. „Ein
Schuß vor den Bug.“

Buth beendete die Diskussion. „Schluß damit! Und schreit nicht
so . . . Es war ein bedauerlicher Irrtum.“

„Allerdings!“ nickte Wätjen heftig. „Der Zeitzünder war auf drei
Uhr nachts eingestellt — wer fährt denn da noch Auto? Mir tut das
leid mit Lemmermann; meinst du denn, ich wollte jemand verletzen!? “

„Schon gut!“ Buth klopfte ihm auf die Schulter. „Jetzt haben sie ja
den Mann festgenommen, der bei Lemmermann die Scheiben einge-
schmissen hat. Dem kreiden sie dann auch den Anschlag auf den Wagen an; da sind wir aus dem Schneider.“

„Ja — ausgerechnet!“ Trey fühlte sich sichtlich unwohl. „Ein Briefträger. Ein gewisser Magerkort; ein armer Irrer, der . . .“

„Das juckt uns doch wenig.“ Buth zuckte die Achseln. „Das kann
man doch so drehen, daß er den Überfall vorgetäuscht hat, um Pornos
aus dem Verkehr zu ziehen.“

„Irgendwie . . .“ Trey schluckte. „Das ist irgendwie schäbig . . .“

„Stell dich doch auf den Marktplatz und posaune alles aus!“
schnauzte Buth ärgerlich. „Ich versteh dich nicht — sei doch froh, daß

alles so glimpflich abgelaufen ist! Durch die Kossacksche Love-Story haben wir sogar noch ein paar Punkte gewonnen."

Trey wandte sich ab und ging mit müden Schritten zu seinem Wagen hinüber.

13

Ein ganz gewöhnlicher Sonnabend in Bramme, vormittags elf Uhr. Biebusch saß im Rathaus und studierte die Ergebnisse der letzten Gemeinderatswahlen, Frau Haas interviewte draußen in Barkhausen den Leiter der Harm-Clüver-Freilichtbühne, Kuschka schlief seinen dritten Brammer Rausch aus, Katja lag im Bett und spielte mit Alfons Mümmel, der vor ihr auf dem Teppich lag, alle viere von sich gestreckt.

Frau Meyerdierks klopfte zwar hin und wieder und fragte, ob sie das Bett schon machen könne, aber Katja ließ sich weder von ihr noch von Corzelius stören, der schon gekommen war, um sie zu einer Fahrt nach Worpswede abzuholen, jedoch auf zwölf Uhr vertröstet worden war.

Katja reckte und streckte sich, ihr war so kannibalisch wohl wie Goethes fünfhundert Säuen. Ein Gefühl wie nach dem bestandenen Abitur: Erleichterung und Aufatmen. Morgens um elf war die Welt immer noch in Ordnung.

Sie naschte aus der Marmeladenschale. Frau Meyerdierks hatte ihr das Frühstück von sich aus ans Bett gebracht, o Wunder! Offensichtlich war sie von der Katja-Marciniak-Story so gerührt, daß sie ihrer Untermieterin alles verziehen hatte.

Vielleicht war es auch so, wie Corzelius sagte, daß sie diese Woche die 80 Pfennig für den ‚Schicksalsroman' gespart hatte. Das *Brammer Tageblatt* ersetzte diesmal alles; Corzelius hatte ganze Arbeit geleistet. Allein die Überschriften waren Klasse:

VATER UND TOCHTER LAGEN SICH IN DEN ARMEN

Jubel im *Wespennest*: Eberhard Kossack erkennt seine Tochter. *Die romantische Liebe zweier junger Menschen aus Bramme, die einst am erstarrten Wertsystem der deutschen Nachkriegsgesellschaft zerbrach, fand nachträglich ihre Krönung. Überglücklich lagen sich gestern der 44jährige Direktor des Hotel-Restaurants Zum Wespennest Eberhard Kossack und seine Tochter in den Armen (Foto). Die 22jährige Soziologiestudentin Katja Marciniak aus Berlin ist . . .*

Ein taschenbuchgroßes Foto zeigte sie mit Kossack und dessen Frau. Ihr Vater hielt sie im Arm, während sie ihn auf die Wange küßte . . .

Ihr Vater.

Es war noch ungewohnt, klang aber gut. Ihr Leben war um eine Facette reicher geworden. Sie kam gut mit ihm zurecht, auch mit ihrer . . . Na ja: Stiefmutter . . . Das Essen im *Wespennest* war phantastisch gewesen; später waren sie in Kossacks Wohnung mit ein paar Freunden des Hauses zusammengekommen. *Meine Tochter; darf ich vorstellen* . . . Es hatte ganz stolz geklungen. Er hatte ihr immer wieder erklärt, warum er sich nicht früher um sie gekümmert hatte: Er habe sich anfangs nicht überwinden können, habe nicht die Kraft gehabt, nach Berlin zu den Marciniaks zu fahren, die ihn so gekränkt und gehaßt hätten. Dann — 1951 — habe ihm Marianne geschrieben, die kleine Katja sei an einer Lungenentzündung gestorben . . .

Verständlich, daß die Sache für ihn abgeschlossen war. *Aber nun war ja alles in Ordnung.*

Recht hatte er.

Seine lachsfarbenen Rosen schimmerten in der Sonne.

Katja gähnte. Heute sah sie ihn nicht, höchstens mal kurz im *Wespennest*, wo es am Wochenende immer hoch herging. Und sie war ja auch ausgebucht: um zwölf mit Corzelius nach Worpswede, worauf sie sich schon mächtig freute; um sieben Uhr abends ein Vorgespräch mit Dr. Trey in dessen Wochenenddomizil am Fluß unten. Er konnte nur sonnabends. Sie hatte mit Biebusch hingehen sollen, aber der mußte noch am Nachmittag zu einer Besprechung nach Bonn — Bildungsrat oder so was . . . Da Kuschka nach Hamburg wollte, wahrscheinlich ins Eros-Center, und Frau Haas ihren Mann in Bremen vom Flugplatz abholen mußte, blieb alles an ihr hängen. Aber was machte das schon — ihre Laune war so prächtig, daß . . .

Laute Stimmen auf dem Flur schreckten sie auf. Sie hatte sich gerade aufgerichtet, um besser lauschen zu können, da bummerte es gegen ihre Tür.

„Hallo, Katja — ich bin's; machen Sie mal bitte auf!"

Bernharda. Ach, du heiliger Strohsack! Was will *die* denn hier? — „Es ist nicht abgeschlossen."

Bernharda stürzte ins Zimmer, das *Brammer Tageblatt* in der Hand. „Hast du das gelesen? "

Katja sah die hektische Röte im Pferdegesicht der Walküre und zog sich unwillkürlich weiter ins Bett zurück. „Natürlich. Hier liegt doch die Zeitung . . ."

Frau Meyerdierks stand gaffend in der Tür. Der Hase war unters Bett geflüchtet. Bernharda scheuchte die Wirtin fort, baute sich vor

Katja auf und sah sie triumphierend an.

„Alles Betrug, mein Kind — alles Betrug! Kossack ist nie und nimmer dein Vater!"

Katja lachte. „Sie sind ja . . ."

„Nein, ich bin nicht meschugge. Ich nicht! Er *kann* gar nicht dein Vater sein . . ."

„Was Sie nicht sagen!" Sie haßte diese häßliche Frau mit ihrem gelben Pferdegebiß.

Bernharda ließ sich nicht beirren. „Erstens ist er impotent und *kann* gar keine Kinder zeugen. Seine Frau läuft schon seit Jahren zum Gynäkologen, aber der sagt, daß es an ihr nicht liegen kann . . ."

„Lassen Sie doch Ihr gehässiges Geschwätz! Sie wollen mir bloß alles kaputtmachen!"

„. . . zweitens ist die Freundschaft zwischen ihm und deiner Mutter *schon Ende April 1949* in die Brüche gegangen. Hier, in meinem Tagebuch steht's!" Sie warf ihr einen schmuddeligen Kalender auf das Bett.

Katja hatte aufgehört, sie zu beschimpfen; wie gelähmt lag sie da . . . Wenn sie nun recht hatte?

Bernharda fuhr fort: „Sie konnten sich nicht mehr riechen. Es war aus, aus, aus! Kein Gedanke daran, im Juli miteinander zu . . . ein Kind zu zeugen. Unmöglich!"

Katja standen die Tränen in den Augen. Sie spürte, daß es kein leeres Gerede war, daß Bernharda wußte, wovon sie sprach.

„Und drittens . . . Drittens war Kossack den ganzen Juli über mit dem alten Buth in München . . . Das war dann wohl Fernzeugung, was?"

„Sie lügen!" schrie Katja, außer sich vor Wut. „Raus hier, Sie . . . Sie Giftmischerin!" Sie warf ihr das Kissen an den Kopf.

„Ich sage die Wahrheit!" erklärte Bernharda nachdrücklich. „Man hat Sie reingelegt, Kindchen!"

„*Sie* haben mich reingelegt! Sie mit Ihrem Lemmermann . . . Raus hier — oder Frau Meyerdierks holt die Polizei!"

Bernharda ging. Selbstbewußt und felsenfest davon überzeugt, daß sie recht hatte.

14

Kämena verspürte ein unangenehmes Ziehen im rechten Oberkiefer, aber das war noch nicht das Schlimmste; das Schlimmste war, daß der Schmerz auf die Augen übergriff. Wenn er das linke zukniff, sah er mit dem rechten alles doppelt. Die Nerven! Er erklärte seinem Gegenüber kurz den Grund, warum er in kurzen Abständen abwechselnd beide Augen schloß.

Corzelius nickte. „Akkumulationsschwäche; das kenne ich."

Kämena ging zum Becken neben der Tür und wusch sich die Hände. Am liebsten hätte er sich ganz gewaschen. Er fühlte sich unwohl, völlig verdreckt und verschwitzt. Warum hatte er auch selber in Wätjens Laube herumkriechen müssen?

Er setzte sich wieder und sagte: „Sie hatten recht — Wätjen war es. In seiner Laube haben wir drei Sprengpatronen gefunden; dieselben, mit denen Lemmermanns Wagen beschädigt worden ist; dieselben, die die BUTH KG in ihrem Steinbruch im Westerwald verwendet . . ."

Die gleichen, dachte Corzelius, die gleichen und nicht dieselben.

„. . . von den Zeitzündern und Drähten gar nicht zu reden."

„Und Sie wollten mir zuerst gar nicht so recht glauben", sagte Corzelius.

„Sie haben also Wätjen in der Nacht beobachtet, sagen Sie? Hm . . . Was hatten Sie denn da in der Knochenhauergasse zu tun, wenn ich mal fragen darf? "

Corzelius zögerte ein wenig mit der Antwort. „Dürfen Sie an sich nicht, aber es ist ja kein Staatsgeheimnis . . . Ich habe da am Luperti-Stift gestanden und auf Fräulein Marciniak gewartet."

„Aha!"

„Sie ist mit Lemmermann in die Pension gegangen, um ihn auszuquetschen. Sie wissen ja, daß sie ihn anfangs für ihren Vater gehalten hat. Ich dachte natürlich an was anderes . . ."

„Kann ich mir denken." Kämena hatte zwar keine allzu üppig wuchernde Phantasie, aber dazu, sich Katja im Bett vorzustellen, reichte es.

Corzelius ahnte, was Kämena dachte, und hätte ihn ohrfeigen können, unterdrückte aber seinen Impuls und fuhr fort: „Ich ging auf und ab und wartete. Mal war ich hinten an der Brammermoorer Heerstraße, mal vorn am Marktplatz. So gegen ein Uhr sah ich einen Mann mit einem Paket — ich hielt es für eine Aktentasche — zum Parkplatz gehen. Ich dachte, der wird gleich wegfahren, und ging weiter. Eine halbe Stunde später sah ich ihn dann über den Marktplatz gehen — ohne Paket. So ein bißchen im Schatten. Ich dachte mir nichts dabei. Aber als der Wagen dann in die Luft flog, hatte ich natürlich gleich einen Verdacht. Der Mann war mir irgendwie bekannt vorgekommen, den hatte ich schon mal hier bei uns in Bramme gesehen. Leider hat's dann eine Weile gedauert, ehe bei mir der Groschen gefallen ist: TSV Bramme, 2. Vorsitzender, Jens-Uwe Wätjen."

Kämena fiel es schwer, aber er sagte: „Herzlichen Dank auch!"

„Hat er schon ein Geständnis abgelegt? "

„Noch nicht, aber ich will ihn gleich noch einmal verhören . . ." Er blickte auf die Uhr und fügte etwas provozierend hinzu: „. . .wenn Sie weg sind."

Corzelius verstand den Wink mit dem Zaunpfahl und verabschiedete sich. In der Tür sagte er noch: „Und denken Sie daran: Er kann auch für die Anschläge auf Fräulein Marciniak verantwortlich sein."

Kämena reagierte sauer. „Sie brauchen mir keine Belehrungen zu erteilen!"

Endlich war Corzelius verschwunden. Kämena merkte deutlich, wie seine Galle zu puckern anfing. Auch am Sonnabend noch Ärger! Und Stoffregen badete schon mit seiner derzeitigen Freundin im Brammer Meer. Er hätte ihn hier behalten sollen. Es war ein blöder Tag: Erst die Festnahme von Wätjen, dann das erste Verhör, jetzt das zweite, dann zu Hause Mittagessen (Bratfisch ausgerechnet . . . Seine Galle!), anschließend die Sportschau im Fernsehen und die Party bei Büssenschütts. Wie sollte er sich da erholen? Wenn das so weiterging, konnte er sich nächstes Jahr pensionieren lassen. Es war direkt zu merken, wie seine Spannkraft Tag für Tag nachließ. Egal: ein immer helles Licht beleuchte deinen Weg — die Pflicht!

Er ließ sich Jens-Uwe Wätjen vorführen.

Wätjen sah blaß aus, war aber gefaßt. Es war ihm klar, daß alle Indizien gegen ihn sprachen. Der Anwalt, den Buth ihm geschickt hatte, war derselben Ansicht gewesen. Aber sie hatten sich eine Marschroute zurechtgelegt, die einen gewissen Erfolg versprach. Schön, um einige Zeit im Gefängnis kam er nicht herum, auch wenn man ihn als ‚Vollstrecker der Volksmeinung' aufbaute, wie der Anwalt es ausdrückte. Aber er konnte ganz sicher sein, daß Buth nicht nur für den materiellen Schaden aufkam, den er angerichtet hatte, sondern ihm auch hinterher ein angenehmes Leben sicherte. Das Kind war zwar in den Brunnen gefallen, aber nicht ersoffen. Drei Jahre von Lilo getrennt — schrecklich! Aber dafür im Anschluß daran drei Monate Spanien, Portugal und Griechenland. Das ließ sich schon einfädeln. Er verhinderte einen Großbrand in der Firma und Buth belohnte ihn dann dafür . . .

„Was haben Sie mir nun zu sagen, Herr Wätjen? "

„Ich bin Vorsitzender eines Vereins, zweiter Vorsitzender, in dem wir uns mit allen unseren Kräften um das Wohl unserer Kinder kümmern, wo wir Menschen aus ihnen machen, die an Leib und Seele gesund sind. Und da kommen nun solche Schmutzfinken wie dieser Lemmermann und diese Marciniak nach Bramme und versauen uns unsere Kinder! Das konnte ich nicht mitansehen."

Kämena war von Wätjens Eifer beeindruckt. Der Mann sprach ihm aus dem Herzen. Er, Kämena, hatte die Gesetze zu schützen, ja. Aber wenn diese Gesetze nun Mist waren? Andererseits, wenn er die Sache hier im Sande verlaufen ließ, war er seinen Posten los. Also mußte er wohl oder übel . . .

„Sie geben also zu, Herr Wätjen, daß Sie . . .“

„Ja. Ich wollte Lemmermann einen Denkzettel verpassen. Ich wollte noch weitergehen als der andere, der ihm nur die Schaufensterscheiben zerschmissen hat. Das reichte mir nicht. Aber natürlich wollte ich nicht, daß er . . . eh, verunglückt. Wie konnte ich denn ahnen, daß er sich um drei Uhr nachts in seinen Wagen setzt!“

„Natürlich“, murmelte Kämena. Mein Gott, einen so symphatischen Menschen wie Wätjen mußte er nun hinter Gitter bringen; aber die Zuhälter hinten am Golfplatz und an der Parkallee, die konnten ungestört weitermachen; ihre Pferdchen auch.

Wätjen sprach weiter: „Und diese rote Hure da aus Berlin, die ist ja noch schlimmer! Schnüffelt überall rum, zersetzt alles. Im Albert-Schweitzer-Gymnasium, sagt meine Tochter, wollen sie mit ihr und ihren sauberen Kollegen diskutieren; die Lehrer haben schon zugestimmt . . . Schweinerei, so was! Hängt mit der Meinhof zusammen und darf unsere Kinder verderben! Da sollten Sie mal eingreifen, Herr Kommissar! Dann brauchten wir Bürger nicht alles selber zu machen.“

Kämena machte sich Notizen. „Sie haben also Fräulein Marciniak das Krebsfleisch in die Tasche gesteckt, sie mit dem Wagen bedroht . . .“

„War doch nur ein Bluff!“

„. . . ihr den Stein ins Fenster geworfen und sie am Telefon aufgefordert . . .“

„Sie muß aus Bramme verschwinden!“

15

Regenschauer peitschten über die Wiesen, als Katja am frühen Abend zu Trey hinausfuhr. Die Scheibenwischer schafften es kaum. Treys Bungalow lag etwa zehn Kilometer vom Rathaus entfernt im äußersten Zipfel der Stadt, genauer gesagt zwischen der Gemeinde Uppekamp und dem Brammer Westfriedhof. Man mußte hinter dem TSV-Stadion rechts abbiegen und dann ein Weilchen am Deich entlangfahren. Die Stadt verlor sich langsam im Umland.

Der Nachmittag in Worpswede war schön gewesen; Worpswede mit seinen Galerien und dem Spaziergang auf dem Weyerberg; nur hatte die Diskussion über Bernhardas Argumente zu einigen Spannungen geführt. Corzelius schien nun auch an Kossacks Vaterschaft zu zweifeln, während sie selber . . . Jedem anderen hätte sie eher geglaubt als dieser . . . dieser . . . diesem Dragoner. Waren doch alles nur Vermutungen, was sie da vorbrachte!

Daß Kossack impotent sein sollte, war nichts weiter als üble Nachrede. Und wenn er's wirklich war, brauchte er's im Jahre 1949 nicht auch schon gewesen zu sein.

Daß die Liebe zwischen ihm und ihrer Mutter schon vorher gestorben sein sollte, war lediglich durch Bernhardas Tagebucheintragung belegt. Aber wer sagte denn, daß Bernharda alles richtig wahrgenommen hatte? Wahrscheinlich hatte sie den beiden ihr Glück geneidet und sie gehaßt. Und um ihren Neid und ihren Haß zu bewältigen, hatte sie alle Realität verdrängt und sich eingeredet, zwischen beiden sei es aus.

Daß Kossack in dieser Zeit mit dem alten Birth in München gewesen sein sollte, war durch nichts bewiesen. Und wenn: Er konnte ja zwischendurch mal wieder nach Bramme gekommen sein.

Vielleicht klärte sich alles auf, wenn man das Protokoll des Arztes wiederfand, der ihre Mutter nach dem angeblichen Überfall untersucht hatte. Aber Corzelius hatte sich von Kämena sagen lassen, die Akte sei nicht mehr da. Kein Wunder bei dieser Zeitspanne. Und wenn schon. Wer's darauf anlegte, konnte da schon ein bißchen nachhelfen.

Für sie war Kossack ihr Vater, und er war ein netter Kerl. Auch mit seiner Frau kam sie glänzend aus. Was wollte sie mehr? Die Sache war gelaufen.

Es war ein grauer, naßkalter Juniabend. In dem Gebiet, in dem sich ansonsten Tausende von Ausflüglern tummelten, war weit und breit kein Mensch zu sehen; höchstens mal ein Bauer, der vom Melken kam.

Am Westfriedhof schlossen sie gerade die schmiedeeisernen Tore. Ein Bus fuhr ab; sie mußte bremsen, weil ein älteres Ehepaar über die Straße rannte. Doch vergeblich, sie schafften den Bus nicht mehr. Fluchend ging der Mann zur Telefonzelle, um sich ein Taxi zu rufen.

Katja bog links ab und erreichte nach etwa vierhundert Metern den Fluß.

Am Ufer standen zwei Häuser, ein reetgedecktes Stallgebäude, das leer zu sein schien, und, von Birken umgeben, ein weißer Bungalow. An einem mannshohen Findling waren, wie bei einem Grabstein, metallene Buchstaben angebracht: TREY. Sie wußte von Corzelius, daß dies Treys Refugium war, wo er seine Leitartikel schreiben und seine Manuskripte redigieren konnte, ohne von seiner lebensfrohen Frau und deren lautem Kreis gestört zu werden.

In einem Zimmer brannte Licht; Trey war also da.

Wenn sie sich nicht täuschte, stand dieser Bungalow hier im Lieferprogramm der BUTH KG. Sehr viel Glas, edles Holz und eloxiertes

Aluminium; auf dem flachen Dach, wie drei große Blasen, Tageslicht-kuppeln. Vor dem Haus dichter Rasen, unterbrochen von weißen Kieswegen; dazwischen exotische Sträucher. Der Gesamteindruck war so, daß man sich über Barock-Putten aus Plastik auch nicht mehr ge-wundert hätte.

Sie ging, irritiert vom Gedanken an Fußangeln, Lichtschranken und sonstige bondähnlichen elektronischen Fallen, auf den Eingang zu und klingelte. Das heißt, sie erwartete, nachdem sie auf den Knopf ge-drückt hatte, daß drinnen im Haus eine Klingel schrillte, doch statt dessen ertönte ein sanft-melodischer Gong. Ein bißchen buddhisti-scher Tempel.

Plastikjalousetten versperrten ihr die Sicht ins Innere des Bunga-lows, aber sie hörte Geräusche und Schritte. Ein Schlüssel wurde her-umgedreht, und in der Tür stand ...

Buth.

Sie war nicht wenig erstaunt.

„Machensen Mund zu, komm Fliejen rinn!" lachte Buth, gekonnt berlinernd.

„Ich wollte Herrn Dr. Trey ..."

„Der hatte noch in Oldenburg zu tun, müßte aber bald hier sein. Und seine Frau ist in Bremen, soviel ich weiß."

Sie sah ihn zögernd an.

Buth lächelte. „Ich leiste Ihnen gerne Gesellschaft, bis er kommt ... Ich bin nämlich an der Bramme spazierengegangen und von diesem blödsinnigen Wolkenbruch eben überrascht worden. Jetzt muß ich warten, bis meine Sachen wieder trocken sind." Er zeigte auf das Hemd und die Hose, die er trug. „Viel zu klein alles, das sind Treys Sachen. *So* kann ich mit keinem Bus fahren, und auch die Taxi-fahrer würden später dumme Geschichten erzählen ..."

„Ich kann Sie ja nachher im Auto mitnehmen", sagte Katja, nur um etwas zu sagen.

„Reizend von Ihnen ... Aber was sollte nicht reizend sein, das von Ihnen kommt? "

Sie wurde ein bißchen verlegen. „Darf ich ... Es regnet noch immer ein bißchen."

„Aber ja! Treten Sie, und zwar näher."

Er führte Katja in das wohl größte der vier, fünf Zimmer. Wie im Film, dachte sie. Die Wände in Apfelgrün und gedecktem Weiß, rot-braun und im Schiffsmöbelstil der Mahagoni-Schreibtisch und die Schrankwand. Der Raum wurde von einem Backstein-Kamin und ei-ner üppig bepflanzten Blumenbank in zwei Hälften geteilt. Kuschlig-weich und mit weißem Knautschleder bezogen ein Sessel und eine dreisitzige Sofaecke. Links vor der Fensterfront ein Flügel, auf dem sie Noten entdeckte, die *Mondschein-Sonate*. An den Wänden hingen ein paar gute Impressionisten, die Katja nicht einordnen konnte. Teppichboden, Wandbespannung und Vorhänge entzückten durch ihre ungewohnten Muster, die an ein Korbgeflecht erinnerten. Überall afrikanische Schnitzereien — Fruchtbarkeitsgöttingen, Phallussymbole und mythologische Tiere.

Es sah gut aus. Es war nur von allem ein bißchen zu viel. Immerhin, Geld *und* Geschmack . . . Fragte sich nur, wessen Geschmack. Treys oder des Innenarchitekten.

„Sieht ja toll aus", stellte Katja fest — toll kann alles mögliche bedeuten. „Ganz schön feudal hier. Hätte ich nicht gedacht, daß man als schlichter Chefredakteur . . ."

Buth lachte. „Seine Frau ist eine geborene Neureich . . . Aber nichts gegen unseren Dr. phil. — er hat mit seinen Fernsehspielen auch schon ein paar Pfennige nebenbei verdient." Er ließ sich in den Sessel fallen.

Katja setzte sich auf das Sofa. „Hans-Dieter Trey. Nie gehört . . ."

„Können Sie auch nicht. Das macht er unter einem Pseudonym. Was er da schreibt, paßt nicht ganz ins *Brammer Tageblatt* . . . Aber das bleibt bitte unter uns."

„Natürlich."

Sie fand Buth immer sympathischer. Es war schön, daß er mit Kossack befreundet war, da sah sie ihn öfter. Wenn er auch politisch ganz woanders stand, aber als Mensch . . .

„Als Lyriker hat er sich auch betätigt", sagte Buth: „*Glanzlos zittern die Lichter der Nacht* und so."

„Ach? Hätt ich ihm gar nicht zugetraut."

„Ja, die Leute vom zweiten Bildungsweg!" spottete Buth. „Angefangen hat er als Maurer."

„Ich find's toll." Diesmal meinte sie es eindeutig positiv.

„Er ist schon ein toller, aber kein Toller."

Katja sah ihn verständnislos an.

Buth ging zur Schrankwand, zupfte einen Band des voluminösen Lexikons heraus und las genüßlich: „Toller, Ernst, kommunistischer Politiker und Schriftsteller, geboren 1. 12. 1893 in Samotschin (Posen), gestorben durch Selbstmord 22. 5. 1939 in New York. Seine revolutionären expressionistischen Dichtungen erregten starkes Aufsehen."

Katja war beeindruckt. Und das bei einem Bauunternehmer . . .

Buth konnte offenbar Gedanken lesen. Er grinste. „Sie stellen sich Unternehmer, noch dazu Bauunternehmer, auch nur als tumbe, geldgierige Blutsauger vor, was?"

„Klassenfeind bleibt Klassenfeind, auch wenn er so ist wie Sie", erwiderte sie etwas hölzern.

„Feinde soll man ja bekanntlich lieben . . . Klassenfeinde auch?"

„Ich werde mich hüten, ja zu sagen."

„Um Gottes willen, ich will Ihnen da nichts einbrocken — Ihre Glaubensgenossen reagieren ja auf so was allergisch."

Katja fand zur alten Form zurück. „Bei Ihnen nicht; da wissen doch alle, daß Sie Hunderten von Menschen Lohn und Brot geben und Bramme ohne die BUTH KG in zehn Jahren so daliegen würde wie heutzutage Mykenä."

„Ich merke, Sie schießen sich langsam ein."

„Das scheint Sie zu amüsieren?" fragte Katja drohend. Sie war sich ihrer Ohnmacht bewußt und unterdrückte mühsam ihren Zorn.

„Ich bin nicht amüsierter als meine Arbeiter. Die wissen genau, daß ich kaum schlimmer bin als die Bürokraten in fernen Ministerien oder die Räte, die sie wählen und die dann großkotzig auf diejenigen herabsehen, die immer noch die Dreckarbeit machen . . . Die verstehen mehr von Soziologie als Sie von Mosca und Pareto; die haben klar erkannt, daß sie lediglich eine Elite gegen eine andere eintauschen würden."

Katja protestierte dagegen, und sie stritten sich so lange, bis Buth ihr einen Highball mixte.

„Tun Sie nicht zuviel Arsen rein", lachte Katja.

„Wenn schon was, dann höchstens Aphrodisiaka."

„Typische Herrenallüren: automatisch Anspruch erheben auf die Töchter der Arbeiterklasse."

„Nur auf die schönsten."

„Danke! Aber trotzdem."

„Allerdings war Ihr Großvater Oberstaatsanwalt, also schlimmster Knecht der herrschenden Klasse, und Ihr Vater ist immerhin Hotel-Direktor mit mindestens dreitausend netto im Monat. Wie geht's ihm eigentlich?"

Katja entspannte sich wieder. Buth war viel zu nett, als daß man dauernd aggressiv sein konnte. „Er freut sich über den Familienzuwachs."

Buth nickte. „Ist ja auch eine tolle Geschichte! Meinen herzlichsten Glückwunsch auch noch, daß sich alles so in Wohlgefallen aufgelöst hat. Ist wohl nicht der richtige Ausdruck, aber . . . Sagen Sie mal, wie machen Sie's eigentlich mit dem Namen?"

„Ich werd wohl meinen behalten."

„Katja Kossack wäre auch nicht schlecht. Aber vielleicht heiraten Sie ja bald . . ."

„Nicht daß ich wüßte."

„Tja . . . Wie fühlt man sich denn so, wenn man plötzlich Tochter geworden ist?"

„Wie neugeboren."

Buth wechselte das Thema und fragte sie nach einigen Einzelheiten der stadtsoziologischen Untersuchung, während sie sich anschließend über Aufbau und Produktionsprogramm der BUTH KG informierte.

Als sie diese beiden Punkte abgehakt hatten, war es 20 Uhr, und der Gesprächsstoff ging ihnen langsam aus.

Noch immer keine Spur von Trey.

Seit Kossacks Eröffnung hatte sie nichts mehr von dieser ungewissen Angst verspürt, mit der sie nach Bramme gekommen war. Nun aber erwachte ihr Mißtrauen von neuem. Was hatte das zu bedeuten? War das ein abgekartetes Spiel? Wollte Buth sie unter Alkohol setzen und dann . . .? Sie stellte ihren zweiten Highball auf den Tisch zurück.

Klar, wie er sie schon musterte. Gedanken sind Probehandeln, sagte die Psychologie, und offenbar probte er schon mächtig. Wahrscheinlich hatte er von ihrer Nacht mit Lemmermann erfahren und sah sie nun als Freiwild an.

Das Telefon stand am anderen Ende des Raums auf dem großen Flügel.

„Ich glaube, ich gehe. Er kommt wohl doch nicht mehr", sagte sie vorsichtig.

„Er kommt ganz sicher noch."

Panik erfaßte sie. Sie dachte an die Großmutter: *Geh nie nach Bramme!* Würde es ihr ergehen wie ihrer Mutter?

„Wir sollten was spielen", sagte Buth. „Einen Fernseher gibt's hier seltsamerweise nicht."

Quatsch. Das ist doch heute ganz anders als damals. Ich kenne ihn doch. Ich könnte ihn jederzeit anzeigen . . . Ja, aber wenn er dann sagt, es wäre freiwillig gewesen?

Sie saß in der Faile.

Ihr wurde siedendheiß. Sie mochte Buth, ja. Aber nur bis zu dem Punkt, wo's körperlich wurde. Sie hatte Angst vor ihm. Eben noch war ihr sein Gesicht markant erschienen, gut geschnitten, männlich; jetzt sah er brutal aus. Wenn nur Corzelius hier wäre . . .

„Was spielen wir nun? " fragte Buth.

„Was . . .? " Sie hatte nichts verstanden, in ihren Ohren rauschte es, als würde sie in eine große Muschel hineinhören.

„Was wir spielen — wir müssen uns doch irgendwie die Zeit vertreiben, bis er kommt."

Der kommt doch nie. „Ich weiß nicht . . ."

„Na, Pik Sieben können wir wohl schlecht spielen", lachte Buth.

„Pik Sieben? Wie geht denn das? "

Buth grinste. „Man nimmt ein Skatblatt und die Karten gut gemischt auf den Tisch. Dann nimmt jeder abwechselnd eine Karte hoch – und wer die Pik Sieben bekommen hat, muß ein Kleidungsstück ablegen."

Katjas Herzschlag setzte aus. Also doch . . . Sollte sie schreien? Nein, dann würgte er sie. Widerstand war Tod. Sie hatte nur eine Chance, wenn sie alles über sich ergehen ließ und noch so tat, als machte es ihr Spaß . . . „Warum können wir das eigentlich nicht spielen? " fragte sie gepreßt.

Buth sah sie nachdenklich an. „Ja, warum eigentlich nicht . . ."

Er rechnete also nicht damit, daß Trey noch kommt!

Buth stand auf. „Mir soll's recht sein. Ich geh mal ins Schlafzimmer . . ."

Schlafzimmer!

„. . . und hol die Karten." Er verließ den Raum.

Katja überlegte fieberhaft. Sollte sie versuchen, hinauszulaufen, in den Wagen zu springen und . . .? Unmöglich. Ehe sie aufgeschlossen und das Zündschloß gefunden hatte, würde er sie längst gepackt haben.

Mein Gott!

Nur nicht tatenlos hier sitzen bleiben!

Sie stand auf, griff sich ihre Tasche, zitterte, war unschlüssig. Vor ihr auf dem Flügel stand das Telefon. Aber wenn sie wählte, würde Buth es hören und sofort herbeistürzen. Trotzdem.

Sie mußte es riskieren. Sie mußte Corzelius erreichen, ihm sagen, wo sie war, und . . . Buth? Nein. Buth kam nicht. Alles okay.

Sie erreichte den perlgrauen Apparat und nahm behutsam den Hörer ab . . . Tot!

Buth telefonierte vom Schlafzimmer aus.

Sie erstarrte. Sekundenlang waren die Schaltkreise ihres Großhirns blockiert. Mit einer mechanischen Bewegung legte sie dann den Hörer wieder auf die Gabel.

Ich kann nicht mehr.

Wenn sie nun zum Friedhof hinaufrannte? Da war eine Telefonzelle . . . Ja. Ja, das war die einzige Chance. Leise aus dem Haus, einen sicheren Vorsprung gewinnen . . . Auf Zehenspitzen lief sie zur Tür . . .

In der Tür prallte sie mit Buth zusammen.

Die Karten fielen zu Boden, rutschten meterweit über den Teppichboden.

Buth hielt sie an den Oberarmen fest. „Wohin denn so eilig? "

Ihr Verstand sagte ihr, daß nur eine Antwort sie retten konnte: *Zur Toilette, ein bißchen frisch machen!* Aber die Angst, die Angst einer Ertrinkenden, riß sie mit sich fort. „Ich will hier raus!" schrie sie und schlug Buth mit den Fäusten in den Magen. „Lassen Sie mich raus!"

Buth packte zu, hielt sie an den Handgelenken. „So nicht!"

Katja wollte sich den Weg freikämpfen; sie wand sich in Buths Griff, trat wild um sich, erwischte Buths Schienenbein, traf aber nicht voll ... Buth grinste. Ihm machte es Spaß. Schon ließen ihre Kräfte nach ...

„Laß sie los — oder es knallt!" Die Stimme überschlug sich.

Buth fuhr herum.

In der Diele stand Hans-Dieter Trey, triefend vor Nässe, eine großkalibrige Pistole in der Hand.

„Bist du verrückt?!" rief Buth. „Pack das Ding weg!"

Trey rührte sich nicht. Seine Lippen bewegten sich kaum, die Stimme schien von irgendwoher aus einem Lautsprecher zu kommen: „Nimm die Hände hoch!"

Katja, die das alles nicht verstand, tat instinktiv einen Schritt zur Seite.

Buth schüttelte den Kopf, hob aber gehorsam die Hände.

„Du gehst zum Kamin rüber. Katja, Sie setzen sich in den Sessel!" befahl Trey.

Katja. Warum sagte er Katja zu ihr? War das der feinfühlige Lyriker, der die *Mondschein-Sonate* spielte?

Trey blieb in der Tür stehen und sah mit unbewegtem Gesicht zu, wie die beiden die bezeichneten Plätze einnahmen.

„Du hast vielleicht die Liebenswürdigkeit und erklärst mir mal, was das alles soll", sagte Buth, der sich wieder gefaßt hatte.

Für Katja lief alles so ab wie ein Fernsehfilm, sie fühlte sich irgendwie unbeteiligt an allem, weil das, was da geschah, aller Logik zufolge gar nicht geschehen durfte.

„Ich lasse mir meine Tochter von keinem zur Nutte machen, auch von dir nicht!" schrie Trey.

Buth behielt die Nerven. „Das ist alles ein fürchterliches Mißverständnis ..."

Katja reagierte erst jetzt. *Tochter* ... Also hat Bernharda doch recht gehabt und Kossack hat mich angelogen ... Trey hatte also ihre Mutter ... Er darf Buth nicht erschießen!

Sie hörte sich sagen: „Lassen Sie, Herr Trey. Ich bin an allem Schuld."

Trey geriet außer sich vor Wut. „Er wickelt uns alle um den Finger — alle! Das kann er! Mit mir hat er es 25 Jahre lang gemacht ... Er hätte Sie vernascht, wie ein Dutzend andere Mädchen auch, wenn ich nicht gekommen wäre. Wenn mich nicht die ADAC-Straßenwacht wieder flottgemacht hätte ..." Er wischte sich mit der linken Hand die letzten Regentropfen aus dem Gesicht.

Buth blieb so ruhig, daß Katja ihn schon wieder bewunderte.

„Ich warne dich, Dieter; wenn wir draufgehn, gehn wir alle drauf — du auch."

„Ich habe es satt, deine Marionette zu sein. Steck dir deinen Bürgermeister Trey sonstwo hin! Lieber fünf Jahre im Gefängnis als fünfzehn Jahre dieses Leben! Ich komme auch als Vorbestrafter über die Runden. Mich lassen sie im Gefängnis den Roman schreiben, den ich schon lange schreiben wollte: den Roman über dich und über Bramme."

Buth war nun doch bleich geworden; Katja sah, wie es in ihm arbeitete, wie er nach einem Ausweg suchte. Und Trey . . . Das war nun also ihr Vater.

Sie wußte genau, daß sie diesem Mann gegenüber nie freundschaftliche Gefühle entwickeln konnte, daß sie ihn ein Leben lang hassen würde. Ein ekelhafter Mensch! Warum rührte er nun alles wieder auf, warum ließ er sie nicht in dem Glauben, daß Kossack ihr Vater sei, daß sie in einer zärtlichen Stunde gezeugt worden war? Er hatte es gut gemeint, ja. Aber . . .

Trey wandte sich zu ihr. Er sprach schnell und sachlich. „Ich habe Ihre Mutter vergewaltigt. Aber ich war nicht allein . . ."

Buth machte einen Schritt nach vorn. Sein Gesicht war verzerrt.

„Stehen bleiben!" Trey hob die Pistole.

Buth gehorchte.

„Wir waren zu dritt . . ." Trey behielt Buth im Auge. „Wir hatten eine Menge getrunken. Wir waren wild auf Mädchen. Den ganzen Abend hatten wir über nichts anderes gesprochen. Wir waren aufs Höchste erregt, als uns Ihre Mutter in der dunklen Parkallee über den Weg lief. Zuerst liefen wir neben ihr her und riefen ihr was zu . . . Dann ging alles ganz schnell. Buth rempelte sie an, Wätjen hielt sie fest, und ich . . ." Er hielt einen Augenblick inne, atmete schwer. „Ich war der erste. Die anderen beiden warteten. Aber sie kamen nicht mehr an die Reihe, weil ein Liebespaar uns aufscheuchte . . . Das ist das eine; das andere . . ."

„Jetzt halt endlich den Mund!" schrie Buth. „Bist du denn wahnsinnig geworden? "

„Ich mache jetzt reinen Tisch."

Buth sah Treys Entschlossenheit, aber er kämpfte. „Und wenn mein ganzes Vermögen draufgeht — ich laß dich fertigmachen, wenn du aus dem Gefängnis kommst!"

Trey lächelte. „Dann wissen alle, daß du es gewesen bist."

Buth knurrte: „Ich bin ein Idiot; ich hätte doch merken müssen, was mit dir los ist!"

Trey sah zu Katja hinüber. „Die Anschläge auf Sie gehen auf unser

Konto — der Ladendiebstahl, der Stein, der Wagen, der Anruf. Und für die Sache mit Lemmermann ist Wätjen verantwortlich. Ebenso wie für den Überfall auf den Briefträger. Außerdem, aber das werden Sie sich ja denken können, hat Kossack von Buth Geld dafür bekommen, daß er Ihnen Ihren Vater und die ganze Liebesgeschichte vorgespielt hat."

„Du gottverdammter Idiot . . ." Buth wurde immer erregter.

„Bleib, wo du bist!" Trey hielt die Waffe ganz ruhig. „Ich mach Schluß. Mein Gewissen . . ."

„Scheiß auf dein Gewissen!"

Trey ging zum Telefon hinüber. „Ich rufe jetzt Kämena an; in einer halben Stunde kann er hier sein. Wätjens Geständnis wird er schon haben."

„Nein. Der hält den Mund . . ." Buth versuchte es noch einmal: „Sei doch kein Narr, Dieter! Noch ist nichts passiert. Mit Katja werden wir uns schon arrangieren, und auf Wätjen ist Verlaß, wie gesagt. Aber wenn du's jetzt an die große Glocke hängst . . ."

Trey ließ sich nicht beirren. „Ich hänge es an die große Glocke! Dir tun fünf Jahre Gefängnis auch mal ganz gut, damit du von deinem hohen Roß runterkommst." Er griff sich mit der linken Hand den Telefonhörer, legte ihn auf den Flügel und wollte die erste Eins wählen.

Da stampfte Buth mit dem Fuß auf und schrie: „Halt — das wirst du nicht tun!"

„Das werde ich tun."

„Das woll'n wir doch mal sehen . . ."

Buth bewegte sich auf Trey zu, Zentimeter um Zentimeter.

Trey zielte auf seinen Leib. Die Kugel mußte Magen, Milz oder Leber treffen . . . Anderthalb Meter lagen noch zwischen den beiden Männern.

Buth warf einen schnellen Blick zur Seite, zu Katja hin. „In Deckung — schnell!"

Katja warf sich zur Seite, knallte mit dem Kopf gegen die steinerne Blumenbank und blieb benommen liegen.

Dann fiel der Schuß.

Als Katja endlich auf die Beine kam, hielt Buth die Pistole in der Hand. Trey lag vor ihm auf dem Boden, blutüberströmt. Oberhalb der Nase war nicht viel übriggeblieben von seinem Gesicht.

Mir wird schlecht, dachte Katja. Gleich wird mir schlecht . . . Sie stürzte aus dem Zimmer, riß zwei falsche Türen auf, verlor die Orientierung, stolperte über einen Schirmständer und stand im Freien.

Regentropfen schlugen ihr ins Gesicht.

Der Wagen. Dreißig Meter bis zum Deich . . . Aufschließen . . . Starten . . .

Ausgeschlossen!

Hinter ihr schlug die Aluminiumtür zu. Der Wind. Ein Hindernis für Buth. Sekunden gewonnen.

Sie hastete den Weg entlang. Ihr Rock war kurz, der hinderte nicht. Wohin?

Mein Gott, wohin?

Nach oben zur Straße! Kein Mensch ... Um diese Zeit ... Zum Friedhof – Telefonzelle! Die letzte Chance.

Sie erreichte den geschotterten Fahrweg, der mit mäßiger Steigung zur Straße hinaufführte.

Dreihundert Meter. Vierhundert vielleicht.

52 Sekunden für die Weltklasse auf der Tartanbahn. Aber das ist keine. Und ich bin keine Weltklasse. Ich brauche dreimal so lange ... Sie verlor ihre Sandalen. Ohne ging es besser. Wenn Buth sie aus den Augen verlor, konnte er ihre Schritte nicht mehr hören ... Folgte er ihr überhaupt?

Ja; gerade lief er um den weißgekalkten Findling mit dem Namensschild herum. Die Pistole in der rechten Hand.

Jetzt, wo er Trey erschossen hatte, mußte er sie ebenfalls ... *Fahr nicht nach Bramme!* Mein Gott, wenn ich bloß in Bramme wäre, in der miesen Pension, statt hier draußen. Es ist so irrsinnig, hier zu sterben ... Hier oder woanders – in meinem Alter ist Sterben immer irrsinnig ... Corzelius ...

Weiter.

Sie hatte einen Vorsprung von gut fünfzig Metern. Ob das reichte, den Hörer abzunehmen, die Groschen einzuwerfen und zu wählen? 110 ... Sie rannte durch die Dunkelheit. Alle 50 Meter eine Laterne. Sie rannte und rannte, aber in Wirklichkeit stand sie irgendwo auf einem Turm und sah sich durch die Nacht hetzen.

Rechter hand die Lichter von Bramme; fern, am anderen Ende der Welt.

Eine Traumszene war da, die sie öfter erlebte: Sie flog in einer großen Düsenmaschine über eine Waldlichtung hinweg und sah, wie unten ein Mann eine Frau ermordete. Alle sahen es und keiner konnte es verhindern.

Bilder jagten sich, Stimmen zuckten auf. Die Ankunft. Die Pension. Frau Meyerdierks. Alfons Mümmel.

Unser russischer Zwerghase ... Komm, Alfons, ich hab Salat – komm, mein Kleiner! Lemmermann und ihr Tanz *Moulin Rouge. Ich muß gehen ...*

Die Telefonzelle. Da vorn, ganz weit. Entsetzlich weit noch ... Eins-eins-null. *Hilfe, Mord, Überfall, Buth, Westfriedhof, schnell ...* Sie keuchte, ihre Kräfte ließen nach. Oben am Friedhof huschte ein

125

Auto vorbei. Zu weit weg. Wann kam das nächste?

Er wird mich erschießen, genau wie Trey. Er hat Trey ermordet.

Die Hälfte der Strecke.

Er hatte kaum aufgeholt.

Sie schrie um Hilfe.

Aber ringsum waren nur die Wiesen.

Vielleicht . . .

Nein.

Die Großmutter im Hospital. *Fahr nicht nach Bramme . . .* Bramme. Lankenau. *Da sitzen ja meine jungen Freunde!* Corzelius und das Brammer Meer. *. . . denken Sie sich dabei, was Sie wollen: Ich mach mir Sorgen um Sie . . .* Kossack und die Briefe. *Sie werden vieles nicht verstehen . . .* Trey, die Pistole in der Hand. *Ich lasse mir meine Tochter von keinem zur Nutte machen . . .* Wätjen. Der Speer. Der Stein. Das Auto . . . Sie sah ihren Grabstein in Berlin:

KATJA MARCINIAK

* 15. 4. 1950   † 24. 6. 1972

in Bramme

Bramme.

Verfluchte Stadt!

Meine Flamme stammt aus Bramme . . . Deine Flamme stirbt in Bramme, mein Junge.

Buth blieb hinter ihr, immer im gleichen Abstand. Oder hatte er aufgeholt? Jetzt schrie er etwas . . .

„Halt! Bleiben Sie doch stehen!"

Sie hörte es deutlich. Ja, er hatte also aufgeholt . . .

Ihre Lungen schmerzten. Sie hatte einen Geschmack wie Blut im Mund, mußte an Treys Gesicht denken, an das, was davon übrig war; sie spürte Brechreiz . . . Weiter! Nicht stehen bleiben . . .

Sie wollte ihre Tasche wegwerfen. Stört beim Laufen. Nein — das Geld zum Telefonieren . . .

Die Telefonzelle, nahe jetzt, sattgelb im Licht der Peitschenleuchten vor dem Friedhof. Und die Bushaltestelle. Aber kein Mensch zu sehen . . . Sie warf den Kopf herum. Links: die Straße leer. Rechts: die Straße leer.

Ein Auto. Winken, schreien. Ein Königreich für ein . . . Aber hier kam bei dem Wetter kein Pferd vorbei. Offensichtlich auch kein Auto im Augenblick. Die Hauptstraße von Bramme nach Uppekamp ging woanders lang.

Hilfe, Mord, Überfall, Buth, Westfriedhof, schnell!

Eins-eins-null.

Sie lief über den Fahrdamm. Asphalt. Regennaß. Sie stolperte, stürzte, raffte sich wieder auf.

Buth war etwas zurückgeblieben.

Er ist stehengeblieben, um zu zielen . . .

Sie fuhr herum.

Nein, ein Köter war ihm nachgestürzt und versuchte, ihm in die Hacken zu beißen . . . Gott sei Dank! Ich schaff mir einen Hund an. Aus dem Tierasyl. Nein. Zehn Hunde . . . Beiß zu! Faß!

Eine Chance.

Eine Galgenfrist.

Die Umrisse wurden unscharf, die Augen gallertartig; sie nahmen nichts mehr auf. Sie lief auf dem Grund eines tiefen Wasserbeckens. Rote Schlieren zogen durch das Wasser, wurden gelb, bekamen Kontur: Die Telefonzelle.

Gerettet!

Wo ist Buth?

Buth hatte den Köter mit einem Fußtritt abgewehrt. Zu schießen wagte er wohl nicht. Er warf einen Stein nach dem Vieh.

Katja riß den Hörer vom Haken, ließ ihn herabbaumeln. Sie wühlte nicht lange in ihrer Tasche; sie kippte den ganzen Inhalt aufs Telefonbuch.

Schnell. Tempo!

Ein hastiger Blick nach draußen: Der Stein hatte den Hund an der Schnauze getroffen; jaulend zog er sich zurück. Buth hatte freie Bahn.

Mein Gott . . .

Sie hatte nur einen Groschen!

Drei Zwei-Mark-Stücke. Zwei Fünf-Mark-Stücke. Ein halbes Dutzend Pfennige. Zwei Fünf-Pfennig-Stücke.

Aber nur ein Groschen.

Kein zweiter Groschen. Kein Mark-Stück.

Aus!

Sekundenlang gab sie auf. Laß alles so kommen, wie es kommt . . . Sekundenlang genoß sie den Frieden, der dem Augenblick folgt, in dem man sich aufgegeben hat . . . Dann sah sie Buth herankommen, die Pistole in der Hand.

Die Tür zuhalten? Die riß er auf. Oder er schoß durchs Glas. Trey hatte er schon ermordet . . . Ihren Vater.

Sie wußte alles. Darum mußte sie sterben. Wegen zehn Pfennigen, sozusagen. Damit Buth sein Vermögen behielt, seine Macht, seine Position . . . Es hing an einem Groschen.

Sie drückte den Rückgabeknopf — nichts.

Aber . . . Na klar! Das Eis!

Ihr fiel ein, daß in der Tasche ihres blauen Blousons ein Groschen stecken mußte. Das Eis in Worpswede . . . 90 Pfennige . . . *10 Pfennige retour, bitte sehr!* Da waren sie.

Alles war blitzschnell gegangen. Buth setzte gerade zum Überqueren der Fahrbahn an . . . Jetzt kam ein Auto vorüber. Buth verbarg die Pistole unter dem Pullover. Katja riß die Tür auf, schrie, winkte . . . Der Fahrer bemerkte sie nicht.

Scheiße!

Sie steckte den ersten Groschen in den Schlitz. Er fiel durch.

Mein Gott. *Nein!*

Ihre Finger gehorchten ihr nicht mehr, schossen einen Zentimeter am Ziel vorbei. Endlich hatte sie die Münze aus der Rückgabeschale geholt. Sie versuchte es wieder. Fast hätte sie den Markstück-Schlitz erwischt; sie konnte die Hand noch zurückreißen. Jetzt rasselte der Groschen durch die Sperren, klimperte unten in den Behälter . . . Den zweiten hinterher!

Er lief glatt durch. Das Freizeichen. Aufreizend gedehnt. *Tüt-tüüüüt . . . tüt-tüüüüt . . .*

Aber Buth war fast heran. Keine zehn Meter mehr.

Ein dumpfer, schmerzhafter Druck hinter den Augäpfeln. Wehmut, Trauer, um die ungelebten Tage. Was hätte alles werden können . . .

Sie wählte.

Die Eins . . . Die Scheibe schnurrte zurück.

Noch mal die Eins . . . Wieder schnurrte die Scheibe zurück. Nun die Null . . . Sie steckte den Finger in die letzte Rundung der zerschrammten Wählerscheibe, zog sie bis zum Anschlag herum und . . .

Da riß Buth die Tür auf.

„Schluß damit!"

Seine linke Hand riß den Haken herunter, seine rechte bohrte ihr den Lauf der Waffe in die Hüfte.

Sie hörte ihre Stimme — zum letztenmal, dachte sie: „Machen Sie's kurz!"

16

„Sind Sie verrückt? !" keuchte Buth. „Ich tu Ihnen doch nichts!"

Katja starrte auf die Pistole. „Ja, aber . . ."

„Ich muß nur verhindern, daß Sie Dummheiten machen." Er steckte die Waffe in die Hosentasche.

„Und Trey!? " würgte Katja hervor.

„Kommen Sie; es braucht uns keiner zu sehen."

„Wohin denn? "

„Zum Haus zurück."

„Und dann? "

„Ich habe mit Ihnen zu reden."

Sie hatte keine andere Wahl, sie mußte ihm folgen. Sie dachte in diesen Augenblicken nichts mehr, sie fühlte nichts mehr, sie war nichts weiter als eine Maschine aus Fleisch und Blut. Denken, Beten, Reflektieren — alles war sinnlos. Ist der Moment der Exekution gekommen, hat sich das Erschießungskommando formiert, helfen dem Todeskandidaten keine Gefühlsregung und kein Gedanke mehr; alles läuft mit einer mechanischen Unausweichlichkeit ab. Auflehnung betäubt, ja; ist aber ein unzureichendes Mittel, das eigene Sterben zu verhindern.

Katja bäumte sich nicht auf. Sie hoffte noch. Sie hoffte auf ein Wunder — auf einen plötzlichen Besucher, eine Chance zur Flucht. Sie wußte genau, was Buth wollte. Es lag ja auf der Hand: einen Doppelselbstmord vortäuschen. Motiv: Liebe ohne Ausweg . . . Das ließ sich kinderleicht konstruieren. Trey liebte sie, aber seine Frau hätte das nie hingenommen; also gemeinsam in den Tod . . . Trey erschoß erst sie, dann sich . . . Ein Kämena würde nie dahinterkommen.

„Ich habe Trey nicht erschossen", sagte Buth.

„Für wie dumm halten Sie mich eigentlich? "

„Er war mein Freund. Wir sind zusammen aufgewachsen, und . . ."

„Ihr Freund? Sie haben doch keine Freunde. Für Sie sind doch die Menschen nur Werkzeuge!" Wenn sie schon sterben sollte, dann wollte sie diesem Lumpen vorher noch durch dick und dünn die Meinung sagen.

„Wir haben um die Waffe gekämpft, und da hat sich der Schuß gelöst . . . *Er* hatte doch die Pistole in der Hand!"

„Dann lassen Sie mich doch die Polizei rufen!"

Buth schwieg einen Augenblick.

Es hatte aufgehört zu regnen; der Wind riß die Wolken auseinander, der Mond kam durch. Vor ihnen schimmerte der Fluß. Aus Treys Bungalow drang warmes orangefarbenes Licht. Und da drinnen lag er nun, in einer Blutlache . . .

Sie gingen weiter.

„Keine Macht der Welt kann Trey mehr zum Leben erwecken", sagte Buth.

„Wie wahr!" höhnte Katja. Ihre Füße brannten. Vielleicht fand sie die Sandalen unterwegs. Aber darauf kam es jetzt auch nicht mehr an.

„Wenn Sie die Polizei alarmieren, kann mich nur eines retten: die Wahrheit, die volle Wahrheit."

„Genau."

„Und ob das reicht, ist fraglich. Wenn Sie nämlich behaupten, ich hätte Trey erschossen, dann . . ."

„Es bleibt Ihnen also nichts weiter übrig, als mich auch noch zu erschießen — sagen Sie's doch."

„Wenn das alles rauskommt, bin ich erledigt. Als Mensch, als Unternehmer, als Mann, der in Bramme die Weichen stellt. Aber das ist mein Leben, ein anderes kann ich nicht führen."

„Dann lassen Sie's!"

„Sie allein können mir helfen, Katja!"

„Als Leiche, ja."

„Ich bin ein skrupelloser Mensch, ein Ausbeuter — aber kein Mörder!"

„Es fliegt doch sowieso alles auf: Wätjen!"

„Der wird den Mund halten. Effektiv, mit Strafaussetzung zur Bewährung und so, wird er zwei Jahre sitzen. Dafür hat er eine Menge Geld, wenn er wieder rauskommt. Da kann er seine Kinder studieren lassen und sich sonstwas leisten. Zum einen ist er mir hörig, zum andern liebt er seine Frau. Und die verzeiht ihm wohl, daß er Lemmermann und Ihnen an den Kragen wollte, wie es heißt, aus sittlichen Gründen — aber daß er an einem Sittlichkeitsverbrechen beteiligt war, das verzeiht sie ihm nicht."

„Und Trey wird auch den Mund halten — garantiert!"

„Ich habe ihn nicht erschossen. Es war ein Unfall!"

„Ein höchst willkommener Unfall."

„Sie sind offenbar die einzige, die nicht den Mund hält . . ."

„Ich habe ohnehin nichts mehr zu verlieren."

Sie hatten die Hälfte des Wegs zurückgelegt. Jetzt kam er ihr unendlich lang vor. Von den Sandalen nichts zu sehen.

„Trey könnte Selbstmord begangen haben . . ." sagte Buth langsam.

„Warum sollte er das?"

„Das könnte man schon plausibel machen: der dauernde Ärger mit seiner herrschsüchtigen Frau, die Angst vor der Kündigung . . . Ich könnte sagen, ich hätte . . . Ja, ich habe ihm angekündigt, daß er bald fliegen wird, weil er sich mehr um seine Fernsehspiele gekümmert hat als um das *Brammer Tageblatt*. Es gibt Zeugen, daß ich ihm das im März mal vorgehalten habe . . . Kämena nimmt mir sowieso alles ab."

Katja war unwillkürlich stehengeblieben.

„Ich säubere die Pistole von meinen Fingerabdrücken und sorge dafür, daß seine draufkommen. Dann ziehe ich meinen Anzug an, der inzwischen getrocknet sein dürfte. Wir fahren in Ihrem Wagen weg und kommen auf einigen abgelegenen Straßen und Wirtschaftswegen zurück . . . Wir wollten ihn gemeinsam besuchen und fanden ihn nun . . . Selbstmord, ganz klar! Kämena kommt und . . ."

Katja ging weiter.

„Es braucht uns nur jemand gesehen zu haben."

„Hat aber niemand."

„Ich war ja zum Interview bestellt . . ."

„. . . und da haben Sie mich unterwegs getroffen, ja. So war es."

„Na ja . . ."Sie erschrak. Nun hatte sie schon in seinen Bahnen gedacht.

Buth sah sie an. „Was haben Sie davon, mein Leben zu zerstören? "

„Wenn ich schweige, mache ich mich mitschuldig."

„Es ist kein Mord geschehen — kapieren Sie das doch!"

„Aber . . ." Sie hielt inne.

Doch Buth hatte ihre Gedanken erraten. „Sagen Sie's ruhig: wenn Sie Kämena sagen, Sie hätten gesehen, wie ich Trey erschossen habe, dann . . ."

„. . . dann kann ich Sie vernichten!"

„Verdammt noch mal . . ." Buth stampfte mit dem Fuß auf. „Sie legen's ja geradezu darauf an, daß ich Sie umbringe!"

„Wollen Sie doch auch! Das ist doch nichts weiter als ein Katz-und-Maus-Spiel hier."

„Ich bin kein Mörder!" rief Buth. „Und außerdem — Ihre Kollegen wissen ja, daß Sie zu Trey wollten."

„Sie denken an alles. Na ja, an fast alles. Nur daß man manche Leute eben nicht kaufen kann, das geht über Ihren Begriff." Katja fühlte sich stark; sie genoß es, diesen mächtigen Mann in der Hand zu haben.

„Meinen Sie? "

Was sollte diese alberne Diskussion? Spekulierte er nur darauf, sie am Schreien zu hindern, um sie nicht hier auf dem Weg erschießen zu müssen?

„Kennen Sie das DEMO-Institut? " fragte Buth, scheinbar unvermittelt.

„Was? " Katja war verblüfft.

„Die Deutsche Motivforschung GmbH & Co., abgekürzt DEMO."

„Natürlich. Die wollen doch für uns die standardisierten Interviews in Bramme machen."

„Mit die größten in Deutschland. Zwanzig Prozent der Anteile gehören mir. Sie könnten dort Abteilungsleiterin werden."

Katja zuckte zusammen. Versuchung oder Rettung? Wenn sie ja sagte, war sie alle beruflichen und finanziellen Sorgen los. Wenn sie nein sagte, würde Buth nichts weiter übrigbleiben, als sie zu erschießen; es blieb ihm gar keine Wahl . . . Manche Leute kann man eben nicht kaufen . . . Stimmt. Fragt sich bloß, ob ich dazugehöre, wenn's hart auf hart geht. Aber . . . Wenn sie nun jetzt zustimmte und später dann . . .?

Buth erriet auch das. „Wenn Sie erst einmal ausgesagt haben, wir hätten Trey tot in seinem Bungalow gefunden, können Sie da nicht

131

mehr runter. Das schlagen Sie sich mal aus dem Kopf. Wätjen und Kossack halten dicht, die Spuren sind verwischt, und meinen Anwälten glaubt man mehr als Ihnen . . . Natürlich können Sie sofort auspacken, wenn Kämena hier auftaucht. Aber dann sind auf der Pistole schon Treys Fingerabdrücke . . ."

„Man wird Sie vielleicht nicht einsperren", sagte Katja. „Nein, wahrscheinlich nicht. Aber den Skandal können Sie nicht vermeiden, dafür sorgt schon Corzelius." Sie hielt plötzlich einen Trumpf in der Hand. „Und wenn ich verschwinden sollte — Corzelius würde mich finden und meinen Mörder dazu."

Buth nickte; er schien das ebenfalls zu glauben. „Darum mein Vorschlag . . . Wir beide können nur gewinnen, wenn wir zu einer Einigung kommen. Sie halten den Mund, und ich sehe zu, daß Sie alle Ihre Ziele erreichen."

Sie waren am Bungalow angekommen.

Katja schwieg. Sie fühlte sich unsagbar hilflos. Hier oder woanders — in meinem Alter ist Sterben immer irrsinnig . . .

„Es ist doch alles wieder im Lot!" sagte Buth eindringlich. „Kossack wird Sie wie seine eigene Tochter behandeln — muß er schon der Leute wegen. Ich werde Sie fördern, wo ich nur kann — und unterschätzen Sie meinen Einfluß in Bonn und anderswo nicht. Und ich selbst, ich kann mein Leben weiterhin so leben, wie ich's möchte; ich verliere nicht alles, was ich mir aufgebaut habe. Wenn's aber Stunk gibt, ernstlich Stunk, wenn ich womöglich pleite mache — was glauben Sie, mal so ganz am Rande, wie viele Menschen dann auf der Straße liegen? Nein — hier geht es nicht nur um meine Person." Er machte eine kleine Pause.

Katja zögerte. „Wer garantiert mir denn, daß Sie mich nicht reinlegen? "

„Das erbbiologische Gutachten, daß Kossack nicht Ihr Vater ist."

„Nein, ich . . ."

„Sie haben die Wahl. Und ich habe die Pistole."

17

Bramme in der Nacht vom Sonnabend zum Sonntag.

Im *Café am Schwarzen See* spielten die FOUR FLASHS zum Tanz; Paare, die es nicht erwarten konnten, entfernten sich nicht allzu weit vom lichterhellen Saal; Mädchen, die keinen Anschluß gefunden hatten, gingen zu dritt oder zu viert zur Bushaltestelle hinüber.

Biebusch war eben vom Bremer Flughafen gekommen und duschte

sich im *Wespennest*; Lankenau formulierte mit seinen Parteifreunden einen fairen Nachruf auf Dr. Trey und verdrängte nur mühsam seine Freude über die somit gesicherte Wiederwahl; Kuschka saß mit zwei ausgeflippten Philosophiestudenten in einer Kneipe und versuchte sich an einem neuen Halbe-Liter-Rekord; Frau Haas diskutierte mit ihrem Mann über die Folgen der schichtspezifischen Sozialisation und die Chancen der kompensatorischen Erziehung; Frau Meyerdierks las den Brief ihres in Australien erfolgreich operierten Sohnes zum achtzehntenmal und hatte immer noch Tränen in den Augen; Magerkort hockte auf seiner Pritsche im Brammer Stadtgefängnis und träumte vom Tauchen an den Korallenbänken des Roten Meeres; Wätjen schlief zehn Meter weiter in seiner Einzelzelle und träumte nichts; Bernharda Behrens lag im Bett und las Thomas Mann; Erich Taschenmacher feierte im Kreise seiner Freunde Geburtstag; Eberhard Kossack spielte mit seiner Frau Räuberschach und dachte an den toten Trey; Günther Buth versuchte sich im Bett einer mehr oder minder von ihm ausgehaltenen dreiundzwanzigjährigen Friseuse von seinen Ängsten zu befreien und hatte heute wenig Freude an allem; Lemmermann konnte wegen seiner Schmerzen nicht einschlafen und tröstete sich mit der Erinnerung an Katjas Körper; Dr. Hans-Dieter Trey lag in der städtischen Leichenhalle und hatte keine Schmerzen mehr; Kriminalkommissar Kämena litt unter einer verkühlten Blase und verfaßte gemeinsam mit Stoffregen ein ausführliches Protokoll über den Selbstmordfall Dr. Hans-Dieter Trey.

Katja Marciniak lief durch ihr Zimmer und warf ihre Sachen ohne jedes System in den abgeschabten Koffer, der vor dem Waschbecken stand. Carsten Corzelius saß auf der Kante ihres Tischs und redete auf sie ein.

„Du darfst nicht fortgehen!"

„Ich kann nicht mehr . . ."

„Trey hat nie und nimmer Selbstmord begangen. Und wenn der Schußkanal zehnmal darauf hindeutet — die Sache muß anders gewesen sein! Und ich ahne auch, wie alles zusammenhängt. Ich weiß es sogar."

„Bloß beweisen kannst du's nicht."

„Katja, ich bitte dich . . . Bleib hier und mach diesem ganzen Spuk ein Ende."

„Dazu hab ich die Kraft nicht mehr."

„Ich helfe dir. Du mußt deine Aussage widerrufen!"

„Was willst du gegen die Anwälte machen, die da aufmarschieren? Was willst du mit deinen paar Pfennigen anfangen? "

„Also hab ich recht? "

Katja schrie: „Kossack ist mein Vater. Trey hat Selbstmord begangen, weil Buth ihn feuern wollte. Ich bin mit Buth zusammen in den Bungalow gekommen und habe Trey tot am Boden liegen sehen . . . Das ist die Wahrheit!"

„*Deine* Wahrheit? "

„Die Wahrheit, mit der man leben kann."

„Die Lüge, mit der du leben mußt!"

„Ach, laß mich doch in Ruh!"

„Wenn du die Wahrheit sagst, können wir ihn fertigmachen."

„Fertigmachen — klingt mir ein bißchen zu faschistisch."

„Er ist doch nichts weiter als ein Gangster!"

„Sei vorsichtig!"

„Diese Typen sind es doch, die unsere Gesellschaft kaputtmachen, die unseren Rechtsstaat langsam, aber sicher aushöhlen. Wir müssen sie ausschalten, wenn wir unser Leben human und gerecht machen wollen. Die Buths und ihre Gefolgsleute sind es doch, die uns versklaven, uns zu bloßen Instrumenten ihres Willens herabwürdigen . . . Jetzt haben wir die Chance, einen von ihnen zu vernichten und wenigstens in Bramme die Luft von ihrem Gestank zu säubern."

„Hast du schon mal was von der Hydra gehört? Die wachsen doch nach wie die Köpfe von der . . ."

„Dein verdammter Fatalismus! Wir dürfen nicht resignieren, wir müssen kämpfen!"

Katja warf ihre Bürsten und Kämme in den Koffer. „Ja — kämpfen, indem wir fürs *Brammer Tageblatt* arbeiten . . . Daß ich nicht lache."

„Da kann ich mehr tun, als wenn ich . . ."

„Der lange Marsch durch die Institutionen!" höhnte sie.

„Wir dürfen uns nicht zerstreiten, Katja — bitte! Wir müssen zusammen versuchen, die Sache anständig zu Ende zu bringen!"

„Für mich ist sie bereits zu Ende. Ich verschwinde hier."

„Und die Untersuchung? "

„Biebusch läßt mich in Berlin daran arbeiten."

„Hat ihn wohl Buth dazu überredet? "

„Bramme ist für mich erledigt; ich war *einmal* hier — nie wieder. Einmal reicht."

„Du wirst zurückkommen und mit mir zusammen Buth dahin bringen, wo er hingehört."

„Versuche du mal, mit der bloßen Hand einen D-Zug anzuhalten."

„Deine Bilder sind doch schief! Aber trotzdem: ich kann mit dieser Hand hier einen fahrenden D-Zug anhalten. Ich muß nur an den Schalthebel kommen."

Sie war fast fertig, warf noch einen schnellen Blick in den Schrank. „Und wenn du bis morgen früh redest, du kannst mich nicht zurückhalten."

134

„Du hast dich bestechen lassen. Es ist eine Flucht vor dir selbst!"

„Es ist Einsicht in die Notwendigkeit."

„Die kümmerlichste Art von Freiheit!"

„Immerhin."

„Man muß sich auflehnen gegen das scheinbar Unvermeidliche — das gibt dem Leben seinen Sinn."

„Jetzt kommst du auch noch mit Camus!" Sie lachte bitter.

„Du kannst nicht so einfach fliehen."

„Ich kann!"

„Es geht nicht nur um dich."

Sie flüchtete zur übernommenen Formel. „Bramme und Marciniak, das paßt nicht zusammen; die Stadt mag uns nicht, sie stößt uns aus."

„Das ist doch Unsinn!"

„Ich bin in den fünf Tagen hier um fünf Jahre gealtert."

„Na und? "

„Fahrt doch zur Hölle mit eurem Buth und eurem Lankenau, eurem Scheißfluß und eurem kümmerlichen *Tageblatt* — mit eurer ganzen jämmerlichen Stadt!" Sie haßte alles, hätte alles vernichten können. Sie war am Ende. Sie sehnte sich nach einem warmen, wohligen Nichts.

Und doch zögerte sie, den Koffer zu nehmen und zum Wagen hinunterzugehen.

Wenn Corzelius jetzt aufstand und sie in die Arme nahm ... Er stand auf, wandte ihr den Rücken und trat ans Fenster.

Die entscheidende Sekunde verstrich ungenutzt.

Sie nahm den Koffer, zog die Tür auf, lief auf den Flur, stieß den Hasen mit dem Fuß beiseite, kümmerte sich nicht mehr um Frau Meyerdierks, sah sich nicht mehr um, stürzte zum Wagen, warf den Koffer hinein, setzte sich hinters Steuer, schlug die Tür zu, startete.

Corzelius stand am Eingang der Pension Meyerdierks zwischen den beiden Säulen, starrte zu ihr herüber, bewegte sich nicht.

Und der will nun die Welt verändern ... Aber doch nicht mit Reden!

Sie gab Gas. Sie raste die Knochenhauergasse entlang, am Luperti-Stift vorbei, am Supermarkt von Erich Taschenmacher, am Albert-Schweitzer-Gymnasium, erreichte die Brammermoorer Heerstraße, hielt sich an das blau-weiße Schild, das zur Autobahn wies.

Sie wußte, daß die fünf Tage in Bramme sie gezeichnet hatten. Sie wußte, daß von nun an ihr Lachen anders klingen würde. Sie wußte, daß sie kein außergewöhnlicher Mensch war ... Ob sie es jemals schaffte, dies alles zu bewältigen? Ohne Drogen, ohne eine Flucht, die nie endete?

Trey war tot.

Hinter ihr blieben die letzten Lichter von Bramme zurück, sie fuhr in die Nacht hinein.

Einmal nahm sie den Fuß vom Gas, ließ den Wagen rollen, langsamer werden, sah sich nach einer Stelle um, wo sie am Straßenrand halten konnte. Sie wollte nachdenken.

Nachdenken? Wollte sie das wirklich?

„Und was, bitte schön, soll dabei herauskommen?" sagte sie laut. Sie legte den zweiten Gang ein und trat wieder aufs Gaspedal.

Nachdenken . . .

C 971/7

Hansjörg Martin

C 262/34

Hansjörg Martin

C 262/35 a

Felix Huby

C 1095/6

Schwarze Beute

Das Thriller-Magazin, herausgegeben
von Klugmann/Mathews, präsentiert neue
Stories, berichtet über Fälle, Täter und
Autoren.
«... Schwarze Beute ist seit Jahren
das bestgemachte, witzigste und
spannendste Buch zum Thema
Kriminalität und Kriminalliteratur.»
Rainer Stephan in der Süddeutschen Zeitung

rororo thriller
2753

rororo thriller
2802

rororo thriller
2888